COLLECTION FOLIO

D1388369

Henry de Montherlant

de l'Académie française

LES JEUNES FILLES

Pitié
pour les femmes

Gallimard

Ce volume est le DEUXIÈME
d'une série intitulée LES JEUNES FILLES

Cette série doit être lue
dans l'ordre suivant :

AVERTISSEMENT

L'auteur rappelle ici, comme il l'a rappelé en tête des Jeunes Filles, *qu'il a peint en* Costals *un personnage que, de propos délibéré, il a voulu inquiétant, voire par moments odieux. Et que les propos et les actes de ce personnage ne sauraient être, sans injustice, prêtés à celui qui l'a conçu.*

L'auteur a fait du personnage central de la Rose de Sable, *le lieutenant Auligny, un homme doué des plus hautes qualités morales : patriotisme, charité, horreur de la violence, passion de la justice et souffrance devant l'injustice (souffrance au point d'en être malade), sensibilité et scrupules presque excessifs, sens de la solidarité humaine, souci, allant jusqu'à la manie, de se gêner pour les autres et d'essayer de ne pas leur faire de tort, etc.*

Ce personnage, aussi central que celui de Costals l'est ici, occupe la majeure partie d'une œuvre de près de six cents pages, et maint détail lui donne cette apparence « autobiographique » que certains veulent trouver à Costals.

On peut se demander si le public et la critique, lisant la Rose de Sable, *prêteraient à l'auteur la même abondance de vertus qu'ils lui ont prêté d'abondance de vices après lecture des* Jeunes Filles.

H. M., 1936.

Dieu a créé l'homme pour être heu-
reux. Il n'y a péché à rien. La bête se
couche dans nos roseaux comme dans
ceux des Tatares; elle choisit son gîte
où elle se trouve; elle prend ce que
Dieu envoie.

Tolstoï, *les Cosaques.*

(Dans la bouche d'un paysan tché-
tchène. Les Tchétchènes sont en guerre
avec les Tatares.)

Il y avait à N..., en 1918, une petite fille de douze ans, que sa famille définissait : une « petite tranquille ». Elle n'avait pas d'amies, et jouait seule, silencieuse, à la maison, durant des heures; des repas entiers, aussi, sans dire un mot. On la disait garçon à cause de ses longues randonnées solitaires à pied ou à bicyclette, et de son peu d'entrain pour les goûts des filles de son âge. Et parce qu'elle était courageuse : en barque, dans l'obscurité, laissée seule dans un pavillon à l'écart, jamais elle ne montrait la moindre peur. Timide pourtant. Si la femme de chambre, à dîner, oubliait de lui présenter un plat, elle ne réclamait pas, restait sur sa faim.

Au lycée, une assez bonne élève, cet « assez bon » devant être éclairé par ce détail : qu'elle était d'une classe en retard. De douze à quatorze ans on tenta de lui apprendre le piano, sans succès. De quatorze à seize, on s'efforça de lui inculquer le violon : peine perdue. Après ces quatre années, et les milliers de francs dépensés à cela, on finit par comprendre que cette fille du silence n'avait aucune disposition pour faire du bruit; plus tard on dut renoncer à un poste de T. S. F., tant cette mécanique l'exaspérait. Alors son père, qui avait un gentil talent avec le crayon, voulut lui apprendre le dessin : bientôt on dut poser les armes. A la vérité, elle n'avait de goût ni d'aptitude pour rien. M. Dandillot s'inquiéta. Afin de lui faire « acquérir une personnalité », il la laissait une heure durant, le sang aux joues, à *sécher* sur une lettre à un vieil oncle ou à son parrain : elle avait consigne d'écrire une lettre « originale ».

« Originale »... M. Dandillot, en effet, passait pour un original. Fils d'un procureur général, après une année de barreau il avait abandonné la chicane, et avec elle tout souci de gagner de l'argent, bien que sa fortune n'allât pas au delà de l'aisance. Dès les premiers jours du sport athlétique en France (il avait vingt et un ans en 1887), il s'était passionné pour ces choses, et avait créé à N... un club sportif; la natation surtout l'excitait, et il s'en était fait l'apôtre. La maturité venue, comme il ne manquait ni d'intelligence ni de culture, il avait délaissé le sport proprement dit pour les questions d'éducation physique, et résigné la présidence de son club, jugé dès lors par lui hérétique, pour se jeter corps et âme dans la « méthode naturelle », qui naissait en France : une photographie prise au Collège d'Athlètes de Reims, et publiée par *l'Illustration* vers 1910, montre M. Dandillot, alors moustachu à souhait, et vêtu en pâtre grec. Il rompit solennellement avec la vie mondaine, bazarda même son frac, symbole de toutes les souillures de Babylone, et ne s'occupa plus que de grand air, de soleil, de régimes alimentaires, de mensurations, de pesées, plongé dans des tableaux synoptiques affolants de tout ce que l'homme doit faire et ne pas faire pour demeurer « naturel », et dans ce qu'on pourrait appeler les travaux forcés de la vie « naturelle », enfin rabâchant de la nature, qu'il ne pouvait atteindre que par les artifices les plus saugrenus, lesquels eussent empoisonné la vie de toute personne raisonnable, supposé qu'elle pût les concilier avec les obligations d'une existence normale, tâche d'ailleurs impossible. Avançant toujours dans la « pureté », M. Dandillot, sur la cinquantaine, tolstoïsa : l'homme, pour être vraiment « naturel », devait aussi rester chaste, et aimer son semblable; la haine que M. Dandillot avait toujours eue pour son père, qui n'était qu'une simple haine filiale, devint ainsi comme sanctifiée, le procureur ayant fait tomber quelques têtes. Esprit fin, faux, têtu, naïf, ocellé, comme une peau de panthère, de plaques d'intelligence lumineuse et de plaques noires d'imbécillité, célibataire de vocation, encore que père de famille, avec les qualités et les bizarreries du célibat, enfin singulièrement peu créateur, au point de n'avoir pu accoucher, à soixante ans, du modeste petit traité de « vie naturelle » qu'il avait conçu dès avant la guerre, simple compilation pourtant de ses maîtres favoris. Mais nous ne décrirons pas davantage M. Dandillot : il se peindra lui-même dans la suite de ce récit.

En 1923, le frère aîné de Solange mourut à Madagascar, où il avait été faire une exploitation, et les Dandillot s'installèrent à Paris. On fit suivre à Solange un cours d'arts ménagers.

Nubile à quinze ans et trois mois, elle avait traversé la puberté sans en ressentir aucun trouble, rien de cette sensation de souillure physique, de cette tristesse, de cette indignation, de cette dérobade, de ces regards furtifs et anxieux jetés sur les parents, de cette hâte à les fuir lorsqu'ils sont ensemble, de ce vœu de renonciation à l'amour, « pour jamais », qu'on voit souvent aux filles pures et sensibles lorsqu'elles atteignent cet âge. Quand elle s'était enquise auprès de sa mère comment naissent les gosses, elle avait demandé cela par désœuvrement; la chose ne l'intéressait pas. Maintenant ses cheveux, jadis dorés, avaient foncé au noir. Ses yeux s'étaient un peu plissés, et ils avaient pris une teinte bleuâtre qui apparaissait derrière les cils noirs, comme la Méditerranée derrière un rideau de pins. Elle était si jolie qu'elle entendait presque chaque jour les exclamations des hommes qui la croisaient sur le trottoir. A Toulon, deux ouvriers : « Regarde! » — « Quoi? » — « Alors, c'est pas beau, ça? » Il arrivait que des travailleurs méridionaux s'arrêtassent l'un après l'autre, dans leur travail, à mesure qu'elle les dépassait. Car c'était dans le Midi surtout qu'elle faisait flèche : elle était trop naturelle pour les Parisiens, qui n'aiment que les femmes grotesquement « arrangées ». Cependant elle n'en tirait nulle vanité. Toujours au dernier rang à l'église; toujours un peu en retrait dans les cérémonies de famille. Et c'était incroyable de voir le matin cette fille ravissante sortir avec une vieille « roupe » démodée et usagée. De sa vie elle n'avait acheté un journal de modes; toutefois, s'il lui en tombait un sous la main, elle le lisait avec une apparence d'intérêt. Ce n'était pas qu'elle ne fût contente de plaire, mais ce contentement n'était pas suffisant pour qu'elle se donnât beaucoup de peine en vue de l'obtenir; quand elle s'était passé un doigt mouillé sur les sourcils, et la langue sur les lèvres, elle avait beaucoup fait. Elle n'allait jamais chez le coiffeur, elle ne portait pas de bijoux, ne se parfumait pas, ne mettait pas de rouge; de la poudre seulement, et qu'elle mettait mal. Et cela non par une affectation, qui eût été orgueil, ou par un parti pris, car il lui arrivait quelquefois de porter des bijoux ou de se dessiner une fausse bouche pendant quelques jours, ou de passer une après-midi entière à se faire les ongles, réunissant minutieusement tout ce qu'il lui fallait, et puis, une fois qu'elle avait terminé, enlevant tout le vernis et allant se massacrer les mains au grenier, à fourrager parmi les vieilles caisses. Elle était toujours habillée en bleu de roi; elle n'en voulait pas démordre; on l'en louait fort. Mais un jour elle s'entêta d'une robe lie-de-vin.

Le lycée de N... était bien tenu. En première, un sixième seulement des jeunes filles avaient des amants. Pas d'habitudes solitaires, et elle devait atteindre vingt et un ans sans savoir même ce qu'elles sont. De jeunes filles portées sur leurs compagnes, il n'y avait que deux ou trois, qui toutes — sans exception — venaient de maisons religieuses. Le jour où Solange, à quinze ans, avait été surprise à se laisser couvrir de baisers par une compagne, son : « Mais, Madame, entre jeunes filles, ce n'est pas mal! » avait été le cri même de la candeur. Quand elle sut, elle repoussa cette camarade. Mais confidente rêvée de toutes ses amies, qu'elle pacifiait par sa placidité et ses conseils, écoutant tout des autres et ne disant jamais rien de soi. Au vrai, il n'y avait pas grand'chose à en dire.

Quant aux hommes, rien. Elle envoyait promener les débiteurs de fadaises, souvent même avec un mot blessant. Elle aimait danser, mais ne considérait les hommes qui la tenaient dans leurs bras que comme des objets qui lui permettaient ce plaisir : elle eût aussi bien dansé seule. Sur un cahier à couverture rose tendre, elle tenait une liste des maisons où elle avait été invitée au bal, mais elle ne tenait pas une liste de ses danseurs, même de ceux des cotillons : elle se contentait de marquer, indifféremment, les noms des jeunes hommes et des jeunes filles de sa connaissance rencontrés dans ces soirées. Le jour où un, puis deux confesseurs, à Paris (ceux de province avaient été très corrects), lui posèrent des questions qui lui déplurent, elle cessa de se confesser du tout. Sa religion devint la religion de la plupart des catholiques : elle consista à aller à la messe le dimanche. Elle n'avait pas la foi et ne se dirigeait en rien par la religion; cependant, si elle avait manqué la messe du dimanche, elle en eût été ennuyée, et fût entrée un instant à l'église. L'habitude de ne plus se confesser augmenta encore la force qu'elle avait de garder pour soi tout ce qui la touchait intérieurement, et aussi de réfléchir sur ce qu'elle faisait; au lieu de le jeter dans un trou noir, elle le retenait et le roulait. De cette date (où elle cessa de se confesser), elle devint plus intelligente et plus consciencieuse. Ce qui peut paraître étrange, c'est qu'elle s'en rendit compte.

Son père et sa mère l'aimaient tendrement, et avec une certaine intelligence. Elle les aimait à sa manière, à laquelle ils avaient eu d'abord quelque peine à s'accoutumer. Jamais un élan vers eux, jamais une parole gentille, jamais une « attention ». Même, les « attentions » qu'ils avaient pour elle, elle en était mécontente. « Les attentions ne me font jamais plaisir. » Elle fronçait les sourcils et plissait davantage les yeux quand sa mère lui caressait la tête. Ses « Non » étaient aussi célèbres que ses silences; la nuit, elle se réveillait de ses rêves avec des « Non! Non! Non! ». Bébé, si on arrêtait seulement les yeux sur elle, sans rien dire, elle poussait un cri : « Non! », et elle faisait une scène aussitôt qu'on arrivait dans la rue où habitait sa grand'mère, la vieille dame la tripotant avec une affection déréglée. Au lycée, on n'avait pu la laisser pensionnaire, parce qu'elle se languissait trop de ses parents. Mais quand sa mère venait lui rendre visite au parloir, la petite restait une demi-heure assise auprès d'elle sans dire un mot : c'était sa façon de l'aimer. Son père la baptisa *Mademoiselle Silence*, ou encore *Silence*, tout court. « Mais enfin, au parloir, pourquoi ne me disais-tu jamais un mot gentil? » — « Je n'y pensais pas. » Un jour, son frère ayant torturé devant elle un petit chat et l'ayant serré par le cou jusqu'à ce qu'il ne donnât plus signe de vie, elle l'avait regardé faire avec des yeux exorbités, sans chercher à sauver l'animal. « Mais enfin, tu l'aimais bien, Misti! Pourquoi n'as-tu pas appelé? » — « Je n'y ai pas pensé. » C'était vrai, elle « n'y pensait pas ». Pourtant, une fois qu'on avait pris son parti de sa froideur, il n'y avait pas à se plaindre d'elle. « Elle est froide, mais elle est douce, disait sa mère, et jamais elle ne m'a causé la moindre difficulté. » Ce n'était pas en effet qu'elle n'aimât pas ses parents, mais, à l'aise avec les indifférents, elle était timide avec ceux qu'elle aimait. Et si, punie par son père, elle restait à l'écart et boudeuse, en elle-même elle brûlait d'aller l'embrasser. Mais cela ne *sortait* pas.

Elle fut vraiment la « petite tranquille » jusqu'au jour où, son frère l'ayant giflée, elle eut la plus authentique crise de nerfs (quatorze ans). Toutefois, dans cette crise même, pas de larmes.

— Si vous aviez pleuré, cela vous aurait soulagée, dit le médecin.

— Mais je ne peux pas pleurer!

— Vous ne pouvez pas pleurer quand on vous regarde? Ou vous ne pouvez pas pleurer du tout?

— Je ne peux pas pleurer du tout.

Dans l'examen général qu'on fit d'elle à cette occasion (alerté par les beaux maxima nerveux qu'elle avait atteints sans crier gare), on trouva que les battements de son cœur étaient anormaux en nombre et en intensité. Trois ans plus tard, alors qu'on allait la radiographier, quand on éteignit l'électricité dans le laboratoire elle eut encore une crise de nerfs. Le topo familial fut modifié. On ne dit plus qu'elle était une « petite tranquille », mais qu'elle était une « nerveuse étouffée ». La comparaison n'était pas si mal : tout ce qui sortait d'elle arrivait atténué, comme un bruit qu'on a étouffé par une bourre de liège ou de coton.

Quelle que soit leur expérience du contraire, les hommes persistent à croire qu'un caractère marche tout d'une pièce. Or, il n'y a unité de caractère que chez les êtres qui s'en fabriquent une par artifice; tout ce qui reste naturel est inconséquent. Le trait principal de Mlle Dandillot était d'être naturelle. On fut bien surpris lorsque, un vieux jeune homme l'ayant demandée en mariage, elle s'en montra fière et enchantée : avec le caractère qu'on lui supposait, on croyait qu'elle enverrait tout promener. Elle le fit, d'ailleurs, mais seulement après deux entrevues. Elle refusa ensuite deux autres partis. Elle ne voulait épouser qu'un homme qui lui plairait : elle avait découvert cela! Le malheur est qu'aucun d'eux ne lui plaisait. Ses parents ne voulaient pas la forcer. En quoi ils faisaient bien; mais il eût fallu la faire sortir. Or, ils n'aimaient pas le monde, et elle sortait peu. Tous trois attendirent donc le mari envoyé par le ciel. Le fait que Mlle Dandillot eût refusé nettement et énergiquement trois partis avantageux ne modifia cependant en rien le topo familial selon quoi elle « n'avait pas de volonté ». De même, la jolie fortune qu'amassait son frère, à Madagascar, ne changeait pas le topo familial sur son compte, qui était qu'il n'était « pas pratique ». Il avait toujours été incapable de remettre les plombs quand ils sautaient : donc, il n'était « pas pratique ». Mlle Dandillot, en certaines circonstances, montrait de la volonté, et en certaines circonstances était fataliste. C'est toujours cet « en certaines circonstances » qu'on oublie. Cependant, pour avoir tant entendu dire qu'elle n'avait pas de volonté, elle le croyait elle aussi. Mais, s'il était rare qu'elle fît acte de volonté, c'était peut-être parce qu'elle désirait peu de choses.

Ainsi elle atteignit vingt et un ans, qu'elle venait d'avoir tout juste quand elle s'est glissée dans ce récit. Bonne personne d'intérieur, tirant le nez au tapissier et à l'électricien, experte sur la chère, et l'aimant fine, serrée pour la maison, gaspilleuse pour soi, recevant peu d'argent, qu'elle dépensait à des sottises qui ne lui faisaient pas plaisir. Avec cela enfant, se battant avec son frère, grimpant aux arbres, descendant l'escalier quatre à quatre. N'aimant pas les chiens — affairés, — les oiseaux — bruyants, — aimant les chats, fort chatte elle-même, mais surtout les poissons d'aquarium, peut-être parce que silencieux comme elle, et froids, avec des réflexes de névropathe (les voir quand ils virent). Elle en avait un roulement, car après la huitaine ils mettaient le ventre en l'air; elle avait oublié de leur donner à manger. Peu de lecture, quelques gouttes, et dans la quarantaine de volumes qui formaient sa petite bibliothèque il n'y avait que trois romans, et là par hasard; quant à la poésie, n'en parlons pas, elle l'avait en horreur, comme la musique. Encore était-elle loin d'avoir lu tous ses livres, bien qu'elle les eût coupés tous, et minutieusement recouverts de papier transparent. Un bal par mois environ. Elle devait se prendre par la peau du cou pour y aller, empoisonnée à la pensée de « s'habiller », hésitant toujours au dernier instant si elle ne s'excuserait pas; et puis là-bas très contente, ne manquant pas une danse et de tous la dernière partie : de quoi faire crever maman. Alors que les jours où elle ne sortait pas le soir elle se couchait à neuf heures et demie. Dans le monde, on la disait quelquefois hautaine, parce qu'elle portait le menton un peu levé (à cause de son chignon, très lourd, qui lui tirait la tête en arrière).

Tandis que son frère, à quinze ans, avait jeté avec impatience tout ce qui lui rappelait sa gosserie, ne vivant plus que dans l'avenir, elle, son avenir, elle n'y songeait pas, elle l'attendait passivement, se groupant plutôt dans son passé, gardant ses cahiers d'écolière, ses couronnes de prix, ses volumes de la Bibliothèque Rose, toute son enfance bien classée, et qu'elle eût conservée en entier dans sa chambre même, si son père, quelquefois, n'avait pris d'autorité quelque lapin de peluche (adoré) [1] ou quelque Enfant Jésus de porcelaine, et ne l'avait monté au grenier. Ce qu'on apprendra avec plaisir, car une femme sans enfantillage est un monstre affreux. Et pourtant, si près qu'elle restât de l'enfance, elle ne savait pas parler aux enfants comme le savent d'ordinaire les filles de son âge, et n'éprouvait qu'ennui et malaise en leur compagnie. Dans l'état de solitude sentimentale où elle était, elle se trouvait paisible et heureuse. Elle pensait bien qu'un jour viendrait où cela changerait (car, encore une fois, elle ne se conduisait pas par des principes, et dans sa froideur il n'y avait aucune « idée »), mais elle ne souhaitait pas ce jour, et n'imaginait pas du tout ce que pourrait être ce changement. « Il ne faut pas organiser sa vie, ça porte malheur »,

[1]. « Mais tu ne lui parlais jamais, à ton lapin! » — « Je lui parlais intérieurement. »

disait-elle. Si elle avait eu un sentiment net touchant son avenir, c'eût été plutôt de la crainte, la crainte de n'y être pas aussi heureuse qu'aujourd'hui, — la crainte d'être, comme elle pensait dans son langage classique de petite fille, « déçue ».

Ainsi vivait Mlle Dandillot, sur un ton placide qu'en parlant d'elle nous nous sommes efforcé d'imiter.

(Nous avons omis de dire que dès seize ans, c'est-à-dire une vingtaine d'années avant l'âge où un homme, et un homme de sens mûr, commence à avoir quelques notions sur la façon de se gouverner soi-même, Mlle Dandillot savait comment on doit gouverner l'État. N'étant pas assez intelligente pour avoir toutes les convictions politiques à la fois, elle n'en avait qu'une seule : elle était de droite éperdument. Elle appartenait même à un groupement d'extrême droite, et avait eu l'intention de travailler à son ouvroir; mais elle n'y avait été que deux fois, étant trop de droite pour pouvoir s'appliquer. Nous ne dirons pas à quel groupe Mlle Dandillot était inscrite, puisqu'elle s'est donnée à un monsieur.)

ANDRÉE HACQUEBAUT
Saint-Léonard

à

PIERRE COSTALS
Paris

7 juin 1927.

Cher Costals,

Statu quo. Il fait trop chaud, je n'ai pas le courage de souffrir, du moins de souffrir avec acuité. Malheureuse sans doute, et aimant mieux être malheureuse à cause de vous que m'appliquer à la colère contre vous; mais malheureuse d'un malheur pas déchirant, d'un malheur inerte, toujours le même. Un état d'âme de chloroformée, après une opération, de convalescente détachée, de Lazare remontant du gouffre, une espèce d'indifférence et de mansuétude à l'égard du monde : « Qu'ils fassent ce qu'ils voudront, après tout. Tout ça est fini pour moi. » Ne croyez pas toutefois que cette mansuétude soit bonté. Je n'ai plus envie d'être franche, ni de faire plaisir. Grâce à vous, devenue semblable à vous.

Comme c'est étrange! Mais il faut bien le reconnaître : il peut arriver que l'échec satisfasse, donne au moins une sensation de repos pas très différente sans doute de celle que donnerait l'accomplissement. J'ai sauté le pas, je me suis enlevée sur l'obstacle, j'ai été courageuse. Ça n'a pas réussi. Vous m'avez refusé la seule chose que je désirais au monde. Eh bien, il y a malgré tout quelque chose d'*obtenu*. Et tout cela maintenant se résorbe... Quelle différence entre un corps qui a joui et un corps qui n'a pas joui, en fin de compte? Renoncer! Le calme de la femme qui a renoncé. Si vous saviez comme c'est simple, quand on a renoncé toute sa vie. Comme le pli est vite pris, au fond. Mon amour pour vous fut toujours à envers de renoncement, *a priori*. Cet amour impossible, ma seule erreur fut de croire qu'il était l'amour possible, de croire que la tendresse et la pitié étaient suffisantes pour incliner un homme au désir, de croire qu'on créait l'amour dans un être comme on fait venir de l'eau en tournant la poignée d'un robinet. Mon sacrifice a toujours été fait d'avance. Et la douleur qu'on s'impose à soi-même est presque jouissance, auprès de celle qu'on vous impose. Et puis (bien que je n'aie pas de vous mon plein de souvenirs, il s'en faut), je me suis approprié de vous tant de choses que cela m'aide à renoncer.

J'ajoute que ces deux mois de plénitude que j'ai souhaités, si vous me les proposiez aujourd'hui, j'en aurais peur. J'ai préféré avec passion vous perdre après à vous perdre avant. Et aujourd'hui j'ai peur. Il y fallait votre élan. Obtenir cela de vous comme une corvée...

Vous m'avez signifié : le plus grand don que puisse me faire votre amour, c'est de ne me donner rien que je ne souhaite et ne demande. Et parfois je pense que mon amour était moins de l'amour que le désir d'une exaltation de ma personnalité; je vous considérais, en somme, comme un instrument de mon plaisir et de mon bonheur. L'amour véritable aurait été de chercher non ce qui me plaisait, mais ce qui vous plaisait : donc, de renoncer de plein gré à ce que je voulais. Je vous aimais sans doute bien mal, puisque je ne me résignais pas à ce sacrifice. Vous m'aimiez peut-être mieux que je ne vous aimais, ne vous aimant pas en moi. Et c'est peut-être à présent que je vous donne le meilleur de mon amour. Mais vous vous en fichez bien, n'est-ce pas...

Pour la première fois, je vous dis : inutile de me répondre. Vous me blesseriez à coup sûr, avec votre génie des phrases sadiques. Tandis que, dans votre silence, je vous recrée et vous retrouve, tel que je vous ai aimé.

A vous.

A. H.

Je voudrais aussi vous poser une question difficile, délicate à poser. Je voudrais savoir si jamais la pensée ne vous est venue, que vous pourriez perpétuer mon amour en faisant passer quelques traits dans un de vos livres. Ce désir n'a rien à voir avec la vanité. Mais j'aurais, comprenez-vous, le sentiment que tant de souffrance n'a pas été perdue.

(Cette lettre est restée sans réponse.)

Quand Mlle Dandillot venait, le soir, avenue Henri-Martin, son premier geste était d'éteindre l'électricité. Et il s'était fait une sorte de rite. Il la déshabillait peu à peu tandis qu'elle restait debout et petite devant lui, dans sa pose familière, le front un peu baissé, le regardant sans la moindre fausse honte, avec ses yeux bleu sombre, plus grands et plus sombres — presque noirs — dans l'obscurité de la pièce, comme s'ils avaient bu en partie les ténèbres de la nuit (c'était pour cela que cette nuit était si claire au-dessus du monde). Et il la voyait alors toute nouvelle, ainsi à demi nue, et il lui disait : « Ma petite fille, est-ce que vraiment c'est vous? » et quelquefois elle répondait : « Oui », comme si c'était là une question qui avait demandé une réponse précise. Et déjà, ce « oui », c'était sa voix nocturne, sa voix des caresses, cette voix extraordinairement changée de la nuit et des caresses, sombrée et ténue comme la voix des mourants, sombrée et haute comme la voix des gens qui meurent,— sa voix de petite fille, sa voix de toute petite fille, sa voix de femme fraîchement née et sa voix de femme qui meurt.

Et maintenant le voici qui en vibrant l'enveloppe de ses ronds, et elle reste toujours debout, immobile, sans un mot, tournant seulement la tête pour le suivre, de ses yeux grands ouverts et qui ne cillent plus, comme le serpent naja, immobile sur ses torsades, tourne la tête selon que se déplace le visage de son enchanteur. Il se meut, comme dans un air plus ductile, dans le pouvoir infini qu'il a sur elle; il la baise ici et là, selon son idée ou sans idée; il pose les yeux ici et là, et chaque fois, comme envoûtée, elle ôte de l'endroit qu'il a désigné de ses yeux quelque tissu qui la couvrait là. La voici nue, et toute pure, et il l'enveloppe toujours de ses ronds. Ses jambes sont chaudes et odorantes comme de la pâtisserie qui sort du four. Sa ceinture l'a marquée de rouge à la taille : on dirait qu'elle a été flagellée. Il tire de son chignon deux épingles, si minces, les seules qu'il sache trouver (car il est bête). Elle tire les autres et les lui tend une à une, en silence, et chaque fois il y en a le même nombre. La voici les cheveux sur les épaules, sur les seins et leur douce ondulation de dunes, plus que jamais renfoncée dans son petit âge; et il arrive qu'ils (les cheveux) soient restés mouillés, comme une forêt après la pluie, parce qu'elle a été à la piscine tout à l'heure. Il les prend, il baise d'abord leur pointe, où ils sont elle sans être tout à fait elle encore, presque étrangers à elle, comme un fleuve qui à la fin de son cours ne connaît plus sa montagne et sa source. Il remonte tout de leur long, arrive jusqu'à elle et à l'odeur petite de sa tête chaude.

Il revient à son visage, retrouvant comme une vieille connaissance le parfum de sa poudre de riz, qu'il avait oublié. Il les lui enroule (ses cheveux) autour du cou. Il les lui étend sur la bouche et cherche sa bouche à travers eux. Il fait d'elle, une mèche simulant la moustache, les autres la barbe, quelque fille de Saint-Cyr, dans le rôle de Joad. Avec tout cela la voici nue devant la fenêtre et quasiment sur le balcon. Il l'avertit, mais elle ne bronche pas. Elle est, en passant son seuil, entrée dans un cercle enchanté...

Étendue, elle n'apparaissait pas très différente de ce qu'elle avait été la première fois. Elle était là, innocente et tranquille, pareille pour la simplicité à une petite chèvre dans un troupeau. Presque toujours elle restait les yeux fermés, et quand elle les ouvrait, clairs aux reflets noirs, elle faisait en même temps la nuit et la lumière; et alors elle le regardait avec étonnement, son visage si rapproché du sien qu'elle en louchait un peu. Lui donnant des baisers courts et rapides, où elle avait l'air de picorer; trois par trois, ou quatre par quatre, ou cinq par cinq, comme des constellations; et puis un, brusque, violent, comme un ballon qui entre dans un but, ou comme la foudre qui s'abat. Ne parlant guère que par monosyllabes, et quand il lui avait parlé le premier. Dans de grands silences où on n'entendait qu'une « demie » qui sonnait, ou une serviette qui glissait toute seule et tombait du porte-serviettes dans le lavabo.

— A quoi pensez-vous?
— Que je suis bien...
O petite fille!

— Comme vous êtes silencieuse!

— Quand je suis contente, je ne parle pas.

O petite fille!

(« Quand je suis contente... » Andrée lui avait écrit la même phrase, mais il ne l'avait pas portée à son crédit, parce qu'il n'aimait pas Andrée.)

Il la taquinait :

— Je vais allumer l'électricité.

Alors ses « Non! Non! » avec une énergie imprévue. Et lui : « Comment, *non!* Est-ce que nous aurions une personnalité? » (On eût dit que cette hypothèse ne lui plaisait guère; et puis, caresser une femme dans le noir, c'est comme fumer dans le noir : adieu le goût.) Mais quand après un instant il lui demande : « Qu'est-ce que vous diriez, si je tournais brusquement le bouton? » elle :

— Rien...

O petite fille!

Et sa « voix nocturne » quand elle disait cela, ses intonations incroyables d'enfance, remontant de sa profonde enfance comme d'un tombeau. Cette autre voix qu'elle avait aussitôt qu'elle était « horizontale », à la façon de ces pudiques poupées qui baissent les paupières automatiquement, quand on les met sur le dos.

Ce fut un de ces soirs qu'il composa pour elle ces vers :

Puisque vous m'aimez et puisque je vous aime,
et puisqu'il paraît que c'est bien ainsi,
puisque je ne peux plus vous nommer que moi-même,
que vous me suffisez et que je vous suffis,

laissez contre mon cœur, ma vieille enfant chérie,
si vous n'y craignez pas les traces d'autres têtes,
ces cheveux sans odeur et ces longs yeux de bête,
plus larges et plus noirs d'avoir bu à la nuit.

Cela continuait ainsi, mais nous ne citerons pas davantage, parce que nous trouvons que cela ne vaut pas un pet de lapin.

Il ne manquait jamais de majorer un peu, dans son expression, la tendresse qu'il avait pour elle, d'ajouter à cette tendresse une sorte de halo qui l'étendait; lui disant quelquefois, par exemple : « Ma petite chérie », en des occasions où ces mots ne sortaient pas de lui comme un jaillissement, ou bien la serrant dans ses bras avec plus de force que n'en comportait son élan naturel. Il savait que les femmes ont tendance à se croire moins aimées, quand on ne les aime pas toujours davantage, et que les hommes, espèce pauvre en amour, s'ils ne veulent pas les décevoir doivent sans cesse se surveiller.

Par moments il avait une envie passionnée d'être celui qui la révélerait à elle-même. A d'autres moments il n'en avait pas la moindre envie.

Il ne la possédait toujours qu'à demi, voulant pouvoir imaginer en avant de soi cet inconnu, comme en bateau on regarde le côté de la mer où la terre demain va apparaître. Il s'arrêtait au point précis au delà duquel il lui eût fait mal, comme un chien, qui par jeu mordille son copain, délicieusement se surveille et prend garde de n'aller pas trop avant. Mais leurs baisers étaient si voraces que la pointe de sa langue se fendilla, et qu'il dut cesser de fumer.

Nue, il avait toujours peur qu'elle ne prît froid, et de bon cœur eût sacrifié partie de son plaisir à ce qu'elle se rhabillât à demi. Elle s'en plaignit un peu : « Vous me traitez comme un enfant! » Il lui dit : « Ce qu'on aime est toujours un enfant. » Souvent il lui rappelait l'heure, mais elle semblait ne pas entendre. Ils restaient ainsi quelquefois jusqu'à ce moment suprême de la nuit, quand les chats font leur toilette assis au milieu de la chaussée. Des horloges, sonnant l'heure, se répondaient comme des coqs. Il avait l'impression que s'il ne lui avait pas dit : « Ma petite fille, il est temps de partir », elle serait restée là toute la nuit, comme si son père et sa mère n'existaient pas. Dans toutes leurs relations, ce n'était jamais elle qui prenait l'initiative de rien. Ce dont il la louait. « J'ai horreur des femmes qui ont une volonté propre, et c'est pourquoi vous êtes faite pour moi de toute éternité. » (Cependant, s'il faut en croire Schopenhauer, qui voit une correspondance entre la volonté et le tempérament sexuel, il n'eût pas trouvé mauvais qu'elle voulût un peu plus...)

Maintenant elle allait d'elle-même au lavabo, comme une petite chatte à qui on a fait prendre de bonnes habitudes. Cependant qu'il brossait sur l'épaule gauche de son veston le nuage de poudre de riz qu'y avait laissé sa joue appuyée, comme une voie lactée à travers le ciel de la nuit. Et la voici à son côté dans l'avenue, frappant l'asphalte sonore de son pas court de mule. Que s'est-il passé? S'est-il passé quoi que ce soit? La voici toute pareille à ce qu'elle était tantôt en venant. Terriblement femme, elle si pensionnaire il y a un instant. Terriblement intacte en apparence, elle qui n'est plus intacte. Terriblement jeune personne bien élevée.

Il savait qu'elle ne disait pas, chez elle, la raison de ses retours si tard dans la nuit. La pensée qu'elle mentait à ses parents lui était infiniment agréable. « Comme ça, on peut causer. » Il trouvait que par là elle rentrait dans l'humain.

Quelquefois ils marchaient en se tenant par la main, comme des enfants de bonne famille auxquels on a dit d'aller jouer dans le parc, et d'être sages. Ou comme des gendarmes tunisiens.

Ces jours-là paraissait de lui un nouveau livre, et il recevait beaucoup de lettres et d'articles flatteurs. Il avait pris pour devise le mot de Gobineau, dont il intervertissait ainsi les termes : « Il y a l'amour, puis le travail, puis rien. » Mais, le travail, c'était l'œuvre, ce n'était pas les rapports entre l'œuvre et le public. Ces rapports lui étaient presque indifférents. Parcourant rapidement articles et lettres, il le faisait en automate, sans s'y prendre. Les louanges lui étaient comme des instruments de musique dont on voit jouer dans un film de cinéma muet : il pensait bien qu'il devait s'élever d'elles une musique agréable, mais il ne l'entendait pas.

Il lui disait :

— N'est-ce pas, il faut que vous voyiez les choses comme elles sont. Michelet prétend qu'il est très humiliant pour l'objet aimé de garder assez de sang-froid pour distinguer ce qui est vrai sous les belles paroles de l'amant. Voilà une bêtise bien digne du « stupide » XIXe siècle. Ce n'est jamais une humiliation, que garder son sang-froid. Et c'est toujours une gloire, que voir ce qui est. Ce qui est, dans notre cas, c'est que je ne suis pas amoureux de vous. J'ai pour vous, d'une part, de l'affection à nuance de tendresse, et de l'estime; et, d'autre part, du désir. Mais tout cela ne fait pas de l'amour, Dieu merci. Cela fait quelque chose qui est ma formule à moi, où je suis tout à fait moi-même, et qui est quelque chose de très bien : ce dernier point suffirait à prouver que ce n'est pas de l'amour. Car on aime une femme d'amitié *parce que*, mais on l'aime d'amour *bien que*. L'expérience me fait d'ailleurs croire que ma formule plaît aux femmes, qui, telles que je les ai vues, m'ont paru avoir moins besoin d'amour proprement dit, que d'affection et de tendresse. Vous non plus, n'est-ce pas, vous n'êtes pas amoureuse de moi?

Elle fit aller la tête de droite à gauche, soulevant un peu les épaules, avec sur le visage une expression amusée : tout ce mouvement très jeune fille du monde, et plein de charme. Et elle dit :

— Pas précisément, non, je ne crois pas... C'est-à-dire que je ne vous aime pas d'une façon sentimentale.

— Il y a un grand signe que vous ne m'aimez pas : vous ne me posez jamais de questions sur ma vie. Et vous ne rougissez pas quand vos parents parlent de moi? Vous n'avez jamais cherché mon nom dans le Tout-Paris? Vous n'êtes pas venue avenue Henri-Martin, les premiers jours, pour connaître ma maison? Il ne vous est jamais arrivé de tracer mon nom, pour rien, sur une feuille de papier?

A chaque demande elle faisait non de la tête, avec toujours son expression douce et amusée. Sans doute, la nuit après qu'il l'eut embrassée pour la première fois, elle s'était endormie avec un livre de lui sous son drap. Mais alors c'était tout au début, la nature se trompait, parce qu'elle était surprise. Plus jamais Solange n'avait refait de semblables gestes.

— Vrai? Avant que je ne vous y mène, vous n'avez jamais eu la curiosité de venir voir l'endroit où j'habitais? Alors la question est tranchée : vous n'avez jamais été amoureuse de moi. Eh bien, c'est comme cela que je vous veux. Une fille aimante, pas une amoureuse. Je ne veux pas que vous vous montiez la tête sur moi. Vous seriez amenée nécessairement à souffrir, et ce serait absurde que vous souffriez à cause de moi, qui ne désire que votre bien. Il faut manier l'absurde, ma chère, et j'ose dire que j'y suis maître, mais au moins faut-il qu'il vous donne du plaisir. Souffrir est toujours idiot : c'est un des plus criminels bobards répandus par les chefs de masses (par politique), et repris ensuite par les littérateurs (par bêtise), que souffrir soit quelque chose de grand et de distingué. A la fin de votre première lettre un peu intime, vous m'avez assuré de votre « tendre affection ». Je ne sais pas si c'est une formule que vous avez écrite au petit bonheur, ou si vous l'avez pesée, mais, si elle est ajustée à votre sentiment, c'est magnifique, puisqu'elle correspond exactement, à la fois, à celui que j'ai pour vous, et à celui que j'attends de vous.

— J'ai écrit cela parce qu'il m'a paru que cela rendait bien ce que je sentais.

— Alors, ma chère, c'est à merveille, et je prévois que nous allons nous entendre admirablement.

Et pourtant, ce même soir...

Ce même soir-là, quand il lui demanda :

— Est-ce que vous viendrez un peu chez moi, tout à l'heure?

Elle répondit :

— Si vous voulez, pas ce soir... Nous pourrions peut-être espacer un peu...

Elle ajouta :

— Quand je viens chez vous, ensuite, je vous sens plus éloigné de moi...

Il ne releva pas le mot, bien que déçu. Ils traversaient la place de la Concorde. Il faisait des remarques sur la couleur du ciel, à cette heure du crépuscule. Mais en réalité il se pétrifiait à l'intérieur. Non seulement il était blessé dans sa vanité de mâle, mais il lui apparaissait qu'elle avait fermé l'avenir : comment la caresser encore, après cela?

Un long silence, et enfin il lui demanda :

— Voulez-vous que je vous ramène chez vous, ou voulez-vous que nous allions quelque part?

C'était une terrible parole que celle où il lui proposait de la quitter de si bonne heure, contrairement à toutes leurs habitudes, parce qu'il était frustré de l'alcôve; terrible pour une jeune fille du tempérament de Mlle Dandillot; et terrible contre lui. Il avait espéré qu'elle répondrait : « Ramenez-moi » : pouvait-elle n'avoir pas compris qu'elle avait rendu la soirée intenable? Il fut surpris de ce qu'il appela son manque de tact, quand elle dit : « Allons quelque part. »

Le cinéma est le tout-à-l'égout du XXe siècle : quand il y a quelque chose de bas entre deux êtres, cela finit toujours par une salle. Dans cette salle du quartier des Invalides, où ils échouèrent, elle s'efforçait de temps en temps pour dire des choses insignifiantes. Lui, comme si les muscles de sa langue étaient tranchés, il ne pouvait plus dire un mot. Il était convaincu qu'ils se rencontraient pour la dernière fois. Non, jamais une femme n'avait dit à son amant parole plus humiliante; il avait cru que ses caresses les rapprochaient souverainement, et elle, après ces caresses, elle le sentait plus éloigné d'elle! Maintenant il voulait la blesser à son tour. « Il faut bien qu'elle sache comment je fais ça. » Durant deux heures et demie de spectacle il ne desserra pas les lèvres. Comme il faisait très chaud, elle portait parfois son mouchoir (son minuscule mouchoir de petite fille) à son front, à son nez — à ses yeux peut-être, — et il se demandait si elle n'avait pas envie de pleurer. Il remarqua qu'elle tenait l'une de ses mains d'une façon un peu forcée sur l'accoudoir de son fauteuil, de son côté à lui, et pensa qu'elle l'avait posée là pour l'inviter à la prendre et à la tenir dans la sienne : il s'en garda bien. Une ou deux fois, aussi, elle tourna son visage vers lui, sans rien dire, comme si elle demandait à être baisée. Plus il mesurait ce qu'il y avait de vil et de vulgaire, de mesquin et de ridicule — de bourgeois, en un mot — dans son attitude avec elle, plus il s'y incrustait. Durant les entr'actes, il lisait sur le visage des assistants leur pensée : « Cette exquise petite, et ce mufle qui lui fait la tête! Si ce n'est pas une pitié, une telle perle à ce pourceau! » Ce qui l'écœurait plus que tout dans cette « scène » qu'il faisait, c'était qu'elle lui apparaissait comme une scène conjugale.

Enfin ce supplice prit fin. Ils sortirent, toujours muets. Alors elle eut un geste que *jamais* elle n'avait fait : elle passa son bras sous le sien. Il en fut touché. Ce geste, c'était lui dire, avec tant de candeur : « Revenez-moi. Vous voyez bien que je ne vous en veux pas. » Mais, dans le même instant où ce geste l'attendrissait, il y vit un moyen de la peiner davantage : il suffisait de n'y pas répondre. Toutefois, quand ils arrivèrent avenue de Villiers, devant sa porte, et qu'elle ne s'arrêta pas, il éclata. Il lui dit d'une voix changée, saccadée :

— Vous m'avez blessé profondément. Vous m'avez dit la pire chose qu'une femme puisse dire à un homme. Maintenant, je ne peux plus vous toucher. Toujours je croirai que vous ne vous laissez faire que par complaisance, au fond avec dégoût...

— Mais non, vous savez bien...

— Le diable emporte les jeunes filles! Les petites Françaises câlines et froides, qui ne découvrent le plaisir qu'à vingt-six ans! Quand même, on n'a pas encore trouvé le moyen pour un homme de témoigner sa tendresse à une femme sinon par ces gestes-là! Allons, cela est sans issue. Vous caresser, à présent, je ne peux plus. Et être frère et sœur, eh bien, je vous le dis franchement, impossible, je ne suis pas cet homme-là. Vous vous étiez donnée, vous venez de vous reprendre, mais vous vous étiez donnée et de cela le goût ne peut se perdre. Vous avez ouvert la porte d'une chambre pleine de musiques, et ensuite vous l'avez refermée...

Elle ne disait rien. Ils marchaient toujours, faisant pour la troisième fois le tour du pâté de maisons.

— Et puis, comment oser vous parler encore? Quelle valeur pouvez-vous désormais accorder à ce que je vous dis? Je vous ai dit vingt fois : « Avant tout, soyez franche avec moi. » Et c'est en étant franche que vous avez tout brisé. Vous êtes punie pour avoir été ce que je vous demandais d'être. Ainsi, avec vous, je ne puis plus ni agir, ni parler. Vous n'êtes en rien coupable. Ce qu'il

36

y a c'est désaccord entre votre tempérament et le mien. Mais, je vous le répète, cela est sans issue.

Ils arrivaient une fois encore devant sa porte. Elle aurait continué; ce fut lui qui s'arrêta. Il lui tendit la main :

— Puisque nous nous voyons demain chez les d'Hautecourt, il est fatal que nous nous parlions encore. Mais en réalité c'en est fini entre nous.

Il la vit lever vers lui ses beaux yeux pleins de surprise, de tristesse et de reproche, comme une chienne regarde sa brute de maître qui vient de la frapper sans raison. Un taxi passait; il le héla. Sa voix était si étranglée qu'il dut répéter plusieurs fois son adresse avant d'être compris.

Il trouva chez lui le lit préparé, les brassées de fleurs qu'il avait disposées pour elle. Il se jeta sur le lit, souffrant de tout. Souffrant de la faire souffrir. Souffrant de la faire souffrir tout en l'aimant. Souffrant de la faire souffrir pour avoir été franche. Souffrant de s'être privé d'elle charnellement. Souffrant de souffrir pour s'être privé d'elle charnellement, alors que charnellement elle lui donnait si peu de joie. Souffrant de ne souffrir que dans les plus grossières régions du mâle (la vanité sexuelle), et que cette souffrance de mâle fût cependant si puérile. Souffrant enfin qu'il fît trop chaud dans la pièce (27°). Parfois, d'un vase, un pétale tombait, comme une « demie » qui sonne. L'odeur la plus intime du corps de la jeune fille lui revenait et l'obsédait, exaspérant son dépit, une touffe d'odeur qui semblait voguer dans la chambre, comme ces graines qui flottent, l'été, livrées à la grâce de l'air. Enfin il eut l'idée d'aller chercher à l'office un poulet froid qu'il savait s'y trouver. Il le mangea, et sa peine s'assoupit. Il fut même content d'avoir un peu souffert. Il faut avoir des notions de tout.

La nuit, il eut un rêve. Il rêva de la vieille gouvernante anglaise qu'il avait, petit garçon. De sa vie il n'avait rêvé d'elle. Impossible, d'ailleurs, de retrouver l'affabulation de ce rêve.

Il songea à cette femme, et un souvenir étrange lui vint. Il se rappela ses terreurs quand, réveillé au petit matin, il s'imaginait que peut-être, dans la nuit, elle était partie pour toujours. Alors il se levait, et, pieds nus, allait jusqu'à la chambre de la gouvernante. Objets, vêtements, rien qui n'y fût en ordre : l'Anglaise, en effet, était à la messe, comme chaque jour. Mais une évidence aussi indiscutable ne suffisait pas à le rassurer. A pas de chat, il se glissait sur le palier, et là, le cœur battant, attendait le bruit que ferait en bas, dans la serrure de la porte d'entrée, la clef de l'Anglaise, quand celle-ci rentrerait (car, au fond, il devait bien se douter qu'elle était à la messe). Aussitôt qu'il entendait ce bruit de clef, il détalait, se remettait au lit, feignait de dormir...

Tout cela facile à comprendre, s'il eût nourri pour sa vieille gouvernante un bizarre amour de gosse (il avait alors sept ou huit ans). Mais rien de semblable. Au contraire, il avait pour elle plutôt de l'animosité. Elle lui tapait sur les doigts avec une règle quand il se trompait dans sa leçon de piano, elle le laissait — sans un mot — pleurer pendant une demi-heure parce qu'il n'entendait goutte à son problème de calcul, elle retirait les grains de raisin de son cake de quatre heures, sous prétexte que c'était mauvais pour lui, en réalité parce qu'elle en était friande elle-même... Il l'aimait si peu que, lorsqu'elle prit sa retraite, bien qu'elle l'eût fait à Paris, pas une fois il n'avait été la voir. Non, si attentivement qu'il fouillât dans sa mémoire, il ne trouvait rien d'autre, de lui à elle, qu'indifférence mêlée de rancœur, — rien que de l'indifférence avec par là-dessus, de place en place, ces folles poussées à odeur de passion, ces angoisses de petit amant, à six heures et demie du matin, dans la grande maison endormie...

Costals se demanda s'il aimait Solange.

Le lendemain, une sauterie chez les d'Haute-court. Quelques corps de femmes sauvaient tout cela. Que serait une société, sans les corps? On pourrait la laisser s'engouffrer.

Arrivé après elle, il la suivait des yeux sans se faire voir. Il aurait voulu qu'elle montrât dis-crètement son mépris à tous ces gens; mais non, elle semblait à l'aise parmi eux; serait-elle de leur espèce? Elle dansa trois fois avec un jeune daim. « S'ils vont s'asseoir derrière le buffet, ou sur les marches de l'escalier, je sens — je le sens comme si c'était une chose qui se faisait en cet instant même — que tout le sang me quittera la face, me quittera les jambes, comme s'il s'écoulait sous le plancher du salon. »

Il vint vers elle, avec sur ses traits une laideur imprévue, une laideur d'époux. Elle l'aborda, se métamorphosant, le visage soudain ouvert, les yeux radieux de tendresse, à croire que rien hier ne s'était passé. Cette confiance le toucha.

Ils dansèrent. Il se disait : « Je serai donc le mâle immonde jusqu'au bout. Hier méchant et injuste, parce qu'humilié dans ma gloriole sexuelle. Vil demain en recommençant mes caresses, sachant qu'elle ne fait que les supporter. Ce corps, entre mes bras, devant ces deux cents personnes, j'ai reposé la nuque sur son ventre nu (sensation exquise), j'ai entendu, la joue sur son ventre, le gargouillement de ses intestins, comme le petit bruit de la neige qui dégèle... Enfin, sapristi! elle est à moi! »

Il le leur fit bien voir. La danse terminée, il se passa une chose surprenante. A peine étaient-ils assis l'un auprès de l'autre, il mit sa main sur la cuisse de la jeune fille (par-dessus la robe), puis la tint posée au centre de son corps, comme un lion tient sa patte étalée sur le quartier de viande qu'il s'est conquis.

Non pas dans un coin écarté : en plein salon, entourés de deux cents personnes. Non pas un instant : une longue demi-minute, peut-être. Non pas dans un milieu équivoque, ou seulement avancé : dans une société où tous étaient gens de condition bonne et sérieuse. Ce que c'est que d'inviter chez soi les grands lyriques.

Il sentit très bien ce qu'il y avait de *grand* dans ce geste. Rien de licencieux. Le geste du couple. Le geste primitif du seigneur, celui que fait le singe sur la guenon : le génie du couple. Et il sentit ce qu'il y avait de grand, aussi, à ce qu'elle l'acceptât, à ce que cette jeune fille réservée et modeste sous ce geste ne bronchât pas, ne fît pas une défense, au cœur de cette foule, comme s'il lui était égal, ou même si elle était contente, que fût marqué de cette façon extraordinaire, à la face de tous, ce qu'elle était à l'homme qu'elle avait choisi.

Quand il retira sa main, un lien de plus entre eux s'était fait. Invisiblement, il gardait toujours la main sur elle. Le soir même, elle vint chez lui à l'heure accoutumée.

ANDRÉE HACQUEBAUT
Saint-Léonard

à

PIERRE COSTALS
Paris

15 juin 1927.

Prière de lire cette lettre en entier.

Cher Costals,

Je suis loin, sans défense, malade de solitude, écrasée par une chaleur qui me rappelle ce vers de vous :

Le chaud du jour, assis sur le sol comme un homme.

Il y a eu un gros orage cette nuit, et j'étais contente d'avoir été réveillée, ce qui m'a permis de penser à vous. Que vous disais-je dans ma dernière lettre? Je ne fais pas brouillon de ce que je vous écris, et j'ai peur que mes lettres ne se contredisent terriblement. Je crois que je vous parlais d'une espèce de paix... Oui, j'ai voulu, avec une bonne volonté réelle, sauver l'amitié dans ces affreuses histoires, tout en sachant bien qu'un homme n'aime pas l'amitié d'une femme dont il n'aime pas l'amour. Quand vous m'avez refusée, je me disais : « Naturellement, pour lui, c'est celle qui se dérobe qui est désirable, et celle qui s'offre qu'on dédaigne! Que cela est puéril! » Mais il me faut bien le reconnaître : une déception, un refus rendent ce qui était désirable mille fois plus désirable encore. Je le vois bien en ce moment avec vous.

Et puis, comment vous oublier? Le fait que vous soyez un homme public (ce même mot pour un « homme public » et une « fille publique »! Et c'est bien ça...) me l'interdit *matériellement*. Pour que vous dormiez vraiment en moi, il faudrait que je n'ouvre plus un journal, une revue. Et, à ce propos, je voudrais savoir... *Les Nouvelles littéraires* d'hier (lues, ô horreur! dans l'église déserte, parce que c'est le seul endroit ici où il fasse frais) m'ont apporté votre poème :

Puisque vous m'aimez et puisque je vous aime...

et je voudrais savoir si, en le composant, ce n'est pas un peu à moi que vous pensiez. J'en doute fort, et pourtant... Mais non, bien sûr, c'est adressé à une autre, et je crois vous entendre ricaner : « Ce qu'elle peut être naïve! » Naïve! Prenez-vous-en à vous, qui pouviez faire de moi une femme, et qui ne l'avez pas voulu. Ces confidences amoureuses que vous répandez dans les hebdomadaires (ah, c'est beau, de pouvoir se livrer à son exhibitionnisme sous le voile de l'art!) remuent atrocement le fer dans ma plaie, me remplissent de jalousie et de désir. C'est trop clair, vous avez horreur de mon amour. Et moi, que voulez-vous

que j'y fasse? je pense à vous du matin au soir.
Cela sort de moi j'allais dire comme une émana-
tion, mais c'est un mot bien prétentieux; le terme
juste serait : comme une sueur. Vous êtes passé
trop près de moi, vous avez accroché dans votre
courbe cette petite étoile seulette que je suis et
vous l'avez brûlée de votre lumière. De bonne foi,
je veux encore le croire. Homicide par imprudence. Vous m'avez annihilée; je ne suis pas
humiliée, je ne suis pas déchirée, je suis consternée.
Vous m'avez rendue impropre à la vie courante.
Je suis comme une de ces vieilles choses dont les
antiquaires vous disent : « C'est beau, ça. Ça
vaut cher. Moi, je ne peux pas vous l'acheter, ça
n'a pas cours en ce moment. Mais c'est beau, ne
le cédez pas. » Je sais que j'ai une valeur, mais je
suis inutilisable. Et je finirai par me prendre en
dégoût, et peut-être me détruire, comme on finit
par prendre en dégoût, et quelquefois détruire,
ces choses que les antiquaires trouvent si belles,
mais qu'ils n'achèteront pour rien au monde.
Inutilisable, oui. A cause de vous, j'ai frustré
sans remède l'homme qui pourrait venir maintenant et désirerait en moi un être intact : je lui
donnerais une enveloppe vide. C'est *exactement*
comme si j'avais eu un amant ou un mari; ma
virginité morale n'existe plus. Comment ne sentez-vous pas que cela vous crée un devoir, celui
de réparer? J'appelle réparer me donner les satis-
factions de la chair auxquelles j'ai droit.

Votre désintéressement est un raffinement per-
vers. Vous m'avez dit une fois, parodiant la devise
de *l'Action française* : « Tout ce qui est naturel
est nôtre. » Oh non! vous n'êtes pas près de la

nature, c'est peut-être votre plus grande illusion. C'est de la sainteté que vous êtes le plus proche, mais d'une espèce de sainteté à rebours, d'une sainteté démoniaque. Occupée sans cesse de vous, j'en apprends un peu plus sur vous tous les jours, malgré votre silence. J'en apprends aussi sur moi. Vous m'avez avoué jadis votre « curiosité » de moi (et j'en viens à croire qu'elle est le seul sentiment — un sentiment professionnel! — que vous avez eu jamais à mon égard). Peut-être m'auriez-vous désirée si je ne vous avais pas tant livré de moi dans mes lettres : c'est le grand malheur de ma vie, dû à ma solitude, que presque tout, entre nous, se soit passé par lettres. Mais savez-vous si vous me connaissez bien? Savez-vous si, même *professionnellement*, des relations plus intimes entre nous ne vous découvriraient pas bien des choses? Savez-vous si vous n'avez pas *besoin* de moi?

Vous ne me retrouverez que si, un jour, vous sentez ce besoin, — mais un besoin total. Je serai votre maîtresse ou votre femme, je ne serai jamais plus votre amie. Vous reviendrez à moi, si vous revenez, sachant que je vous aime, que je vous adore, que j'ai désiré et désire uniquement vos baisers et vos bras. Êtes-vous content? Ceci est-il clair? J'éprouve un sauvage soulagement à toucher ainsi le fin fond de la prosternation, à vous en renouveler la preuve écrite, à vous donner pour toujours ces armes contre moi.

Andrée.

(Cette lettre est restée sans réponse.)

— Rien que ses jambes, je deviens fou! s'écria-t-il, piétinant la langue française. Ma vieille, regardez cette belle petite. Ce coup de lance d'un joli visage. Brusquement, alors que, rassasié, on s'en foutait de mourir, brusquement on voudrait ne plus mourir. Brusquement, si on avait à écrire, on ne saurait plus l'orthographe. Dix-huit ans, hein? Et des bras plus jolis que les vôtres. Et les marques du vaccin sur son bras, de quoi damner l'archange saint Michel. Je ne vous le cache pas, ma chère : je voudrais la manger vive. Elle se mouchette, en se cachant derrière son journal (d'opinions modérées), pour que je ne la voie pas dans cet acte peu noble. Elle remet le mouchoir dans son sac à main, avec ses doigts de berlingot. Chaque fois qu'elle me surprend à lever les yeux sur elle, elle se passe la langue sur les lèvres. Et ses épaules, comme elle les secoue quand elle rit! Et la raie dans ses cheveux, qui se débine tout de traviole! Et ses oreilles, vierges de toute otite! Et il y a dans le tulle de sa robe, et dans son petit bracelet-montre, quelque chose de pauvre qui me fait mourir d'envie. Quelle force au monde pourrait m'empêcher d'avoir envie d'elle? Je voudrais savoir le goût qu'auraient ses cheveux si je les mâchais. Je voudrais... Elle est digne d'être désirée, et donc je la désire : c'est bien la nature, cela, que diable! Oh, « la désire », n'est-ce pas, je ne casse rien. Mais enfin, quand je vois les veines un peu lourdes sur ses pieds pulpeux dans ses sandales, là, ma vieille, je vous le dis, je me sens devenir un homme. Est-ce que je vous fais de la peine? Oui, je vois... je vous demande pardon... Mais qu'est-ce que vous voulez, ma vieille! Je suis d'un certain sexe qui en tout est le contraire du vôtre; je suis de la race désireuse des hommes : ce que j'aime, c'est savoir comment elles sont quand elles cèdent, et comparer... Qu'est-ce que le bonheur, pour ma race? Le bonheur, c'est le moment où un être consent. Par ailleurs, un mystique change souvent de femmes, puisque l'attachement à une créature est ce qu'il y a de plus contraire à la vie spirituelle. Vous aussi, vous êtes une petite étoile parmi des milliers d'autres. Et à l'aube vous vous éteindrez. Alors, c'est vrai que je vous fais de la peine? Je reconnais cette façon de sourire que vous avez quand il y a quelque chose qui ne va pas... Je ne vous ai pourtant rien dit de désagréable.

— Oh non! une paille!

— Et d'ailleurs, ce que je vous en ai dit, c'était sur un air de musique de danse. Ah! vous n'êtes pas assez joueuse!

— Inutile qu'on vous explique. Vous ne voulez pas comprendre ce que vous êtes pour moi.

— Oui, je ne veux pas le comprendre. Parce qu'il ne faut pas que je sois trop pour vous.

Elle tourna vivement le visage vers lui, avec une expression de reproche. Il lui dit :

— Je suis content que vous m'aimiez, mais je souhaite que vous ne m'aimiez pas trop. Je suis content que mon désir vous soit agréable, mais je souhaite qu'il ne vous le soit pas trop. Car vous me créeriez l'obligation d'*en remettre*, d'aller au delà de ce qui me vient naturellement; vous me créeriez dans l'un et l'autre ordre des devoirs d'exacte réciprocité que je redoute, non seulement en tant que devoirs (le devoir ne me vaut rien), mais parce qu'ils feraient naître en moi quelque artifice, dont je suis pour le moment tout dénué. Ce que je souhaite, c'est que vous m'aimiez et souhaitiez mon désir dans la mesure où je vous aime et où je vous désire. Et c'est là déjà une bonne mesure, croyez-le bien.

Écrit le lendemain par Costals, au Bois, sur la page blanche d'un exemplaire de *l'Éducation des Filles*, qu'il lisait :

Sur un banc, deux ravissantes petites, quinze et seize ans, échappées d'une chanson de Méléagre, avec leur mère qui de toute évidence... enfin avec leur mère qui comprend la vie. (Elles balancent un pied, chacune d'elles, comme des ânons qui remuent la queue en cadence. Oh! passer une nuit avec un de ces pieds entre mes mains!) Et il me semble que de les regarder seulement comme je les regarde, là-bas, avenue de Villiers, tout à coup, sans savoir pourquoi, tandis qu'on est à

coudre, on a le cœur percé, et on saigne. O Nature,
épargnez-moi d'en désirer d'autres qu'elle, tant
que je l'aimerai!)

Le sentiment qui dominait en Mlle Dandillot, depuis qu'elle aimait, était la crainte que Costals ne l'aimât pas assez et ne l'abandonnât. Devant son premier homme, elle était comme une figure de bas-relief qui fût devenue statue, — dégagée de son soutien, brusquement seule et menacée de toutes parts. Avant qu'elle n'aimât, ses nuits étaient sans histoire. Maintenant, chaque nuit avait ses rêves, toujours désagréables, sans toutefois aller jusqu'au cauchemar. Par exemple, elle rêvait que, descendant une pente à bicyclette, elle perdait le contrôle de sa machine, mais c'était tout : il n'y avait ni chute ni précipice; ou bien elle rêvait qu'une vache se détachait d'un troupeau et s'approchait d'elle jusqu'à la toucher presque, mais la vache ne l'attaquait pas. Costals, qui créait tous ces rêves, n'y apparaissait jamais en personne : il en était le démon caché. Quelquefois cependant elle rêvait, non à lui, mais qu'elle pensait à lui.

Il y a des femmes auxquelles un amour, surtout un premier amour, donne du ton. Tout au contraire, depuis qu'elle aimait, Mlle Dandillot s'était physiquement affaiblie. La crainte de perdre Costals était ce qui l'avait affaiblie. Elle se sentait souvent au-dessous d'elle-même, fatiguée, avait besoin de s'asseoir; quand elle était restée un moment debout, ses cuisses lui faisaient mal.

A table, le besoin d'user ses nerfs la porta à mastiquer avec vivacité et énergie. Ayant donc fini, avant sa mère, de chacun des plats, elle en reprit pour combler les vides et ainsi se trouva manger sensiblement plus que d'habitude. Elle s'aperçut alors que, lorsqu'elle avait mangé avec cet excès, elle se sentait plus forte : au moment qu'elle commençait de manger trop, c'était encore dans les cuisses que d'abord cela lui faisait du bien.

Dès lors, chaque fois qu'elle devait voir Costals dans la journée, elle reprit des plats, systématiquement, ce qui faisait sourire la femme de chambre qui servait à table, sourire auquel Solange répondait avec gentillesse, ne se rendant pas compte si Suzanne avait compris jusqu'au bout. Elle prit aussi deux tasses de café, et eût sans peine, le matin, supporté deux petits déjeuners. On la voyait mâchonner un noyau de pêche, au point de l'user et de le casser, comme un chien s'exaspère de la gueule sur une boule de croquet, qu'il inonde de salive. Et il lui arrivait de fumer coup sur coup deux cigarettes de tabac noir, elle qui d'ordinaire ne fumait pas. Mme Dandillot cependant ne s'apercevait de rien (ne parlons pas de M. Dandillot!). Ainsi la servante voyait ce que la mère ne voyait pas. On dit que l'amour maternel est aveugle. En effet.

Si Mlle Dandillot n'avait pas été personne si sage, elle eût su que quelques gouttes d'alcool lui eussent donné cette même vitalité factice qu'elle obtenait en se bourrant un peu. Mais elle ne le savait, ni ne le devinait. Le monde, d'ailleurs, ne le sait pas davantage. Ou il le sait *un peu*, qui équivaut à *pas*. Un chef de guerre sait qu'une bonne troupe, en campagne, est une troupe éméchée. Mais il ne généralise pas, quand il le devrait. Un homme qui saurait qu'il n'est pas de souffrance d'amour qu'un *vraiment* bon repas ne dissipe, au moins pour quelques heures, un homme qui saurait que le courage physique et moral, que l'inspiration poétique, que le dévouement, que le sacrifice peuvent dépendre d'un bon repas, — que le sublime de l'âme peut être dû à la chair pourrie d'animaux morts, un homme qui saurait cela, il ne faudrait plus essayer de *la lui faire*. Mais l'homme qui est sur le point de savoir cela se dérobe pour ne pas le savoir. Et, s'il le sait, il fait comme s'il ne le savait pas. Car il faut maintenir les Nuées.

A l'inverse, les repas qui précédaient ses rencontres avec Solange, Costals les prenait très légers. Son ton naturel était si haut et si vivace, qu'un peu de chaleur n'eût fait que diminuer sa lucidité, à laquelle il tenait par-dessus tout. Même, à ces repas il s'abstenait de boire, de s'alourdir, et il n'y buvait que les jours où il aimait moins son amie. Aussi, quand Solange s'apprêtait à partir, son premier geste était-il d'aller boire de l'eau à son lavabo. Et, si Solange ne fût pas venue au rendez-vous qu'il lui avait donné, qui était toujours à quelques pas de la maison de l'avenue de

Villiers, sa déconvenue aurait été annulée, du fait qu'après vingt minutes d'attente il eût pu voler jusqu'au premier marchand de vins. Il avait érigé en politique de vie ce qui n'était d'abord qu'un trait enchanteur de sa nature : d'aimer (et de pouvoir) autant que toute chose son contraire. Ainsi la destinée, qu'elle lui donnât le oui ou le non, le satisfaisait-elle également. Et il jouait toujours sur du velours, ce qui lui était bien agréable, et même à sa raison, tenant qu'il n'y a que les esprits bêtes, et les faux philosophes, pour concevoir la vie comme un combat.

Elle lui avait dit : « Venez dimanche prendre le thé à la maison. Papa et maman passent toute la journée à Fontainebleau chez des cousins. Les domestiques sont de sortie. Nous serons seuls dans l'appartement. » Lui, l'idée de la caresser chez elle, dans sa chambre de petite fille, l'avait brûlé.

Délicieuse sensation de la trouver seule dans ce logis vide, de la voir mettre l'interrupteur à la sonnerie de l'entrée! Mais bientôt il remarqua un peu d'herpès à sa lèvre, ses yeux cernés qui approfondissaient encore son regard, et elle le confirma dans ce qu'il devinait. Son sentiment devint plus grave, comme une note de piano quand on met la pédale. Toujours il avait préféré chez les femmes ces jours où il les savait atteintes : cette faiblesse attisait en lui le cœur autant que les sens. En vain elles protestaient qu'elles le ressentaient à peine, il voulait croire qu'elles faisaient les braves, se montait la tête, voulait croire qu'elles avaient besoin d'être dorlotées; il y avait d'ailleurs chez lui une tendance à ménager toujours les femmes, fussent-elles des sportives, malgré l'apparence qu'elles donnent à l'occasion, d'être plus résistantes que l'homme.

Et maintenant ils étaient au salon, assis l'un près de l'autre sur un canapé. Cette journée d'été, pleine de nuages, semblait un jour d'automne. Ils avaient parlé d'abord de choses assez indifférentes (mais comme elle était touchante quand, regardant devant elle, chaque fois qu'il lui disait un mot gentil ou qui la frappait, elle tournait vivement la tête vers lui!). Il lui avait demandé de le conduire dans sa chambre, mais elle, qui acquiesçait à tout ce qu'il voulait, elle avait refusé cette fois d'un ton ferme. Il lui avait demandé de lui montrer des photos d'elle; elle n'avait pas été photographiée depuis l'âge de quatorze ans; tant ces gens manquaient tous de vanité! Enfin il en arriva à lui parler d'un sujet qui lui tenait au cœur. La dernière fois qu'elle était venue chez lui, il l'avait pressée avec une ardeur si vive, et si souvent renouvelée, qu'il avait eu en fin de soirée, tandis qu'il se rhabillait, une défaillance nerveuse : soudain silencieux et insensible, et plein d'une pesante lassitude. Il avait dû faire un effort pour se tirer quelques paroles banales tandis qu'il la reconduisait. Il lui expliqua donc qu'il se trouve que les hommes, après un don trop généreux d'eux-mêmes, soient sujets à ces abaissements passagers du ton vital, que cela est courant et connu, et qu'il fallait l'excuser chez lui, supposé qu'elle l'eût remarqué. Mais l'avait-elle seulement remarqué?

Il avait posé la question presque sans y prendre

garde. Il fut surpris quand elle dit « Oui », et un peu inquiet. Eh bien, si elle remarquait tout comme cela!

— Et les autres fois?

— Aussi.

Sa surprise grandit. Les autres fois, ou cette défaillance ne se produisait pas, ou, si elle pointait, elle était ténue et fugace, et il croyait l'avoir dissimulée sous une recrudescence volontaire de câlineries. « Mon Dieu! comme elle voit les choses! »

— Est-ce possible! Vous m'avez trouvé froid, les autres fois, en revenant de la maison?

— Oui. Je me demandais pourquoi. Si je vous avais déçu...

Il renouvela ses explications, cita le *Omne animal post...*, s'offrit à lui montrer des livres de médecine. Tout ce temps il tirait légèrement les petits poils qu'elle avait au-dessus du coude (ce détail a bien son prix). Soudain il se tut. Il lui sembla que ses yeux s'ouvraient.

— Mais alors, quand vous m'avez dit : « Après, je vous sens plus éloigné de moi », n'était-ce pas pour cela?

— Si.

Il se répéta la phrase : « Après, je vous sens plus éloigné de moi. » Pour la première fois, il réalisait qu'on pouvait lui donner deux sens : ou bien, après la conclusion des caresses, Solange se sentait plus froide à son égard, ou bien elle le sentait, lui, plus froid à l'égard d'elle. Un abîme séparait ces deux sens. Comment n'avait-il jamais vu que le premier, et non le second?

— Voyons, Solange, ceci est extrêmement important : est-ce vous qui vous sentiez plus éloignée de moi après certains actes, ou au contraire me trouviez-vous alors plus éloigné de vous, refroidi à votre égard?

— Je vous trouvais plus froid à mon égard. Je sentais chez vous les réactions que vous venez de me décrire, comme un aveugle sent du bout des doigts un texte Braille. Mais j'en ignorais cette raison toute physique.

— Quel malentendu incroyable! Et moi qui avais compris le contraire! Mais enfin, comment ne vous êtes-vous pas expliquée? Vous me laissez faire la tête pendant trois heures, puis une scène de vingt minutes, et vous ne dites rien, vous restez là à me regarder comme un jeune veau... Vous n'aviez que trois mots à dire : « C'est *vous* que — après — je trouve si froid... »

Elle eut un geste un peu impatient et désolé.

— Je ne sais pas m'expliquer, je vous l'ai pourtant assez dit! A mesure que je vous voyais vous engager de plus en plus sur une fausse piste, je me sentais de plus en plus paralysée. Souvent, quand je suis avec vous, je suis comme annihilée... Le premier soir... au Bois... si vous m'aviez dit de me jeter à l'eau, je l'aurais fait.

— Je sais cela. Et je vous ferai remarquer que je ne l'ai pas fait. Mais enfin, je n'ai jamais vu de méprise plus invraisemblable! Un tel quiproquo ne pourrait pas être mis dans un roman. Personne ne voudrait croire qu'une Parisienne de vingt et un ans, en l'année 1927, se laisse secouer pendant des heures par son ami, pour une parole où elle n'a exprimé que la crainte de le voir s'éloigner d'elle, c'est-à-dire pour une parole où il n'y a que de l'affection, et cela parce qu'elle « ne sait pas s'expliquer ». Mais, ma vieille, vous êtes stupide! absolument stupide! Un vrai petit artichaut, sur un remblai de chemin de fer.

— Pourquoi le remblai de chemin de fer?

— Parce que c'est beaucoup mieux, voyons!

Avec une tendresse profonde, il l'enveloppa. Jamais, non, jamais il ne l'avait imaginée si enfant, si démunie, si sans défense, si exposée à souffrir plus tard de tout et notamment de lui. Il se souvint du geste qu'elle avait eu quand, ne sachant comment le tirer de son mauvais silence, elle avait — pour la première fois — passé son bras sous le sien, comme un chien qu'on gronde tend la patte pour se faire pardonner. Dans cet instant, un bouleversement se fit en lui. Il la vit bien plus faible qu'il ne l'avait cru, il sut qu'il l'aimait aussi plus qu'il ne l'avait cru, — tandis qu'en même temps le seul reproche qu'il eût pu jamais lui faire perdait sa raison d'être! En une minute, elle se rapprocha de lui, de l'essentiel de lui, comme un objet qu'on prend dans sa main et qu'on rapproche de soi. Quelle joie il aurait eue à tuer quelqu'un qui lui eût causé du tort! Alors, se penchant, il baisa, non la naissance de son épaule, qui était nue (ce qui eût pu paraître sensualité), mais la partie de son épaule qui était recouverte par son vêtement.

La conversation erra ensuite un peu. Dans la même nuance de sentiment qui lui avait fait baiser sa chemisette, et non sa peau, il tenait dans sa main le bord de sa robe. Puis leurs paroles se posèrent sur la famille de Solange, qu'évoquait ce logis.

— Mon frère n'était pas intelligent : il n'était

capable de rien faire d'autre que gagner de l'argent... — Je n'aime pas papa et maman de la même façon. J'aime maman avec de l'indulgence : elle est si légère! Papa est beaucoup plus fin. Et puis, il est si malade... (M. Dandillot avait un cancer de la prostate, et ses jours étaient comptés.) — La vertu des hommes comme mon oncle Louis est la recherche d'un maximum d'approbation pour un minimum de risques. (« Quelle belle définition de la bourgeoisie! » pensa Costals.) — Ma religion? Je ne crois pas, mais, quand un journal comme (ici le nom de certain hebdomadaire particulièrement « parisien ») me tombe sous les yeux, je me sens prête à redevenir chrétienne. Je me dis qu'il est impossible qu'il n'y ait pas autre chose que *cela*. Et enfin, ce bout de dialogue :

— Chez tous ces garçons de mon âge, il est si visible qu'il n'y a aucun sentiment du devoir. Tandis que, chez un homme comme vous...

— Sans blague, est-ce que j'ai l'air d'un homme de devoir?

— Non. Mais vous en êtes un.

— Quelle fine mouche! Oui, on est forcément un homme de devoir, sitôt qu'on aime.

Le premier jour, Costals avait vu en Solange une poupée; il l'avait prise comme on prend une femme pour faire un tour de valse, et puis la reconduire à sa chaise. Ensuite, quand il la connut mieux, il lui parut qu'elle était le produit de cette sorte d'éducation où l'on vous enseigne qu'il est mal poli d'exprimer une opinion personnelle, et que la règle est d'abonder toujours dans le sens de l'interlocuteur; il l'avait rabrouée quand elle disait ce mot banal de toutes les jeunes filles :

« Je suis un phénomène » : « Vous êtes le contraire d'un phénomène. Vous êtes une jeune fille exactement pareille aux autres »; ·il l'avait rabrouée encore quand elle disait qu'elle « n'était pas comprise » : « C'est ce que disent toutes les femmes en qui il n'y a rien à comprendre »; il avait été triste de ne pouvoir pas la picoter à son aise, parce qu'elle n'avait pas assez d'esprit : « Elle se froisserait, aurait de la peine »; il avait fait d'elle cet éloge, considérable mais dont on voit les limites : « Je ne lui ai jamais entendu dire ni une bêtise ni une vulgarité »; il l'avait vue inconsistante et effacée, tout à fait une jeune fille pour être l'héroïne d'un roman français. Et toutefois, vérifiant dans le monde qu'elle disait vrai quand elle disait qu'elle n'avait pas d'amies, il en inférait qu'elle devait avoir une valeur, — tant solitude et valeur sont synonymes. Cela ne dépassait pas, cependant, les « magnifiques qualités négatives », et il pensait toujours d'elle ce que se fait dire sainte Thérèse : « Tu es celle qui n'est pas. » Le sentiment qui dominait en lui, à son égard, était l'admiration pour sa beauté.

Mais à présent il lui semblait avoir sous les yeux une plaque photographique dans un bain de révélateur : peu à peu, comme sur la plaque, des détails nouveaux apparaissaient, de la personnalité de Solange; peu à peu se formait son image complète, et cette image lui faisait honneur. La qualité de son observation et de ses jugements, si fins et si raisonnables, n'était peut-être pas, en soi, chose bien rare. Cependant il ne l'attendait pas d'elle. Il découvrait qu'il ignorait tout d'elle, et particulièrement combien elle était meilleure que lui. Il n'était pas jusqu'à sa voix qui ne lui fût une découverte. A ce jour il lui connaissait trois voix. La voix qu'elle avait dans le monde, assez maniérée, non qu'elle fût poseuse, mais au contraire parce qu'elle était timide. La voix qu'elle avait en parlant avec lui, de laquelle il n'y avait rien à dire. Sa « voix nocturne », pathétique, cette voix d'un autre monde, ces petits mots enfantins, sortant du fond de son enfance comme des oiseaux du fond d'un puits. Et maintenant il y avait cette voix-ci, posée, tout à fait simple et sérieuse, avec sa vertu apaisante, avec ses intonations indéfinissables, qui lui faisaient penser : « A s'y méprendre, la voix qu'ont les jeunes filles de bonne maison. » Il lui dit :

— Je vous parle comme s'il y avait quinze ans que je vous connaissais. Je suis content que nous parlions ainsi. J'ai honte de la façon grossière dont je vous ai traitée au début. Je vous ai traitée comme une grue. Pardonnez-moi...

— Ça ne fait rien, j'aurais passé sur tout, puisque je vous aime. D'ailleurs, j'*ai* passé sur tout...

« Mon Dieu, sur quoi donc? se demanda-t-il. Bah! sans doute sur le fait de se donner. » Il découvrait qu'elle l'avait jugé, — peut-être avec cette même « indulgence » avec laquelle elle jugeait sa mère. En d'autres temps, il en eût été un peu agacé. Mais, à présent, il l'en estima davantage.

— Vous êtes dans un registre plus grave, aujourd'hui. Que s'est-il passé?

— Que je me sens plus en confiance avec vous, depuis que nous avons éclairci ce malentendu. Avant de vous connaître, j'avais peur de l'avenir.

Ensuite, auprès de vous, je n'en ai plus eu peur. Ensuite est venu ce malentendu, et, depuis, j'étais comme un bouquet de fleurs serré trop fort. Maintenant vous avez dénoué ce bouquet : les fleurs respirent.

— Oh! mais nous sommes dans la grande poésie! Excusez-moi, même quand je suis très sérieux, voire ému, je plaisante. Et puis, j'aime vous picoter.

— Je sais. Je commence à vous connaître.

— Vous venez de me dire un mot... Sur quoi donc avez-vous « passé », par affection pour moi?

— Ne le savez-vous pas?

— Je le devine. C'est vrai, vous, si sage, vous être donnée comme ça, comme une feuille qui tombe... Quand je songe que j'avais préparé tout ce que je vous dirais pour vous faire céder! Un laïus pathétique. Et voilà que... comme une feuille qui tombe... Il faut croire que cela était écrit dans le ciel. Vous avez toutes les vertus, y compris la principale, celle de vous être donnée sans chichis. Car une femme qui n'est pas facile n'est pas une femme à mes yeux. Et — je vous le demande — à quoi vous auraient servi vos vertus, auprès de moi, si vous ne vous étiez pas donnée avec cette promptitude éblouissante?

— Quand je me suis donnée à vous, je vous avais déjà tout donné.

— *Cosi fan tutte.*

— A vrai dire, ce n'est pas sur cet acte que j'ai « passé ». Mais sur... ces cachotteries... cet hôtel, la première fois...

— Comme une feuille qui tombe! redit-il. Comme un petit artichaut qu'on cueille... Pourtant, il y a des femmes qui résistent quelque temps, même quand elles sont décidées à se rendre. Le baroud d'honneur...

— Je vous aimais trop pour vous résister. Cela, au moins, ce n'est pas *cosi fan.tutte*.

— En effet, c'est bien singulier, dit-il, sérieusement.

Avec sa langueur, avec son mal lunaire, elle était un peu allongée dans le creux du bras de son ami, comme une petite bande de mousse dans la coulée humide d'un rocher. Quand Costals était entré, deux chattes s'étaient enfuies : tous les chats ne sont pas des héros. Maintenant, durant cette scène, elles entraient dans le salon, le traversaient, en sortaient, y rentraient, silencieuses comme des esprits. Parfois on les devinait, ici ou là, au bruit du plancher qui craquait.

— Sûrement, vous êtes quelque chose à modeler, qui vaudrait d'être modelé, dit-il après un silence. A présent, cela est pour moi très clair.

— Il en est toujours ainsi. L'homme fait la femme telle qu'il la veut, et la femme l'accepte.

— Seulement, l'homme ne sait pas ce qu'il veut. Quel idiot que le mâle! Et puis, il peut arriver que ça ne l'intéresse pas. Je vous aime, je vous veux du bien; eh bien! je n'ai pas envie de vous modeler. Savez-vous pourquoi?

— Oui.

— Comment, oui!... Je vous parie bien que vous ne vous en doutez pas.

— Ça ne vous intéresse pas de me modeler parce que vous avez assez à faire, à modeler vos. livres.

— Quand même, comme vous êtes! Dans le

mille. J'ai mieux à faire qu'à créer des individus. Si Rousseau a mis ses gosses aux Enfants Assistés, c'est qu'il avait l'*Émile* à écrire. C'est égal, c'est un peu horrible. Vous êtes mal tombée, ma vieille fille.

— Mais non, je ne suis pas mal tombée. (Elle mit sa main sur la sienne.)

— Oui, vous dites ça! Je vous donne rendez-vous dans deux ans...

— Est-ce que l'amour ne doit pas sans cesse augmenter? Je ne l'imagine qu'ainsi.

— Ce genre d'amour n'est guère mon affaire. Je connais surtout l'amour water-chute.

Comme il souriait en lui disant cela, elle sourit elle aussi. Tout cela finissait par des enveloppements.

« Elle manque de génie, songeait-il (oui, là, je mets le doigt sur la plaie). Mais, sûrement, elle est brave [1]. » Combien elle avait toujours agi clairement avec lui! Cherchant à lui plaire (modifiant, par exemple, sa façon de s'habiller selon les remarques qu'il en faisait en passant), mais sans jamais être coquette; s'étant donnée sans grimaces, sans manège, sans fuite sous les saules; si discrète (ne le questionnant jamais sur sa vie, ne lui téléphonant jamais la première, et, au téléphone, ne disant que ce qu'elle avait à dire); pas « entrante » ni envahissante le moins du monde, quand il y en a tant qu'il faut écarter ensuite, et presque du même geste avec lequel on les a rapprochées; dénuée de la moindre pose; si éloignée des moyens faciles que les autres prenaient pour le captiver, dans une époque où ce sont les hommes qui sont attaqués par les jeunes filles, et jusqu'à ce comble

1. *Honnête, gentille*, dans le parler du Midi.

incroyable, que jamais — pas une fois — elle ne lui avait fait la moindre allusion à son œuvre littéraire, alors que toutes celles qui cherchaient à se faufiler dans sa vie en entr'ouvraient d'abord la porte avec la clef de l'admiration. Il lui savait gré aussi de ne rien connaître de la petite littérature contemporaine, et, n'en connaissant rien, de n'en pas parler du tout, plutôt que d'en parler avec des phrases toutes faites, d'être si étrangère à tous besoins, à tout snobisme, à toute curiosité malsaine ou même saine, à tout désir de jouer un rôle et d'empiéter, à tout ébahissement devant les fausses valeurs et les faux biens, si différente en un mot — et en apparence à son détriment, quand elle leur était si supérieure — de ces vaches féminines, faiseuses, tranchantes, et nulles, qu'étaient les brillantes compagnes de tant d'hommes en vue de la société parisienne. Il lui était reconnaissant de tout cela, et son âme s'élevait avec simplicité et confiance.

— Voyez-vous, dit-il, que vous soyez quelqu'un de bien, c'est beaucoup plus important que vous ne le supposez sans doute. Depuis longtemps, bien longtemps, on travaille, de l'intérieur et de l'extérieur, et Dieu sait avec quelle haine patiente, à faire de la France un pays où quelqu'un de propre, et d'une certaine qualité interne, se sente en exil. Cela a été long et dur, parce que c'était une bonne nation, pleine d'un fond excellent. Mais, enfin, on y est arrivé. Vous l'avouerai-je? Moi qui ai fait un si passionnément avec mon pays dans ma jeunesse et pendant la guerre, il y a aujourd'hui des heures où non seulement je ne m'en sens plus solidaire, mais où j'éprouve un besoin violent — et qui vient, c'est cela qui est grave, de la partie la plus haute de moi-même — de m'en désolidariser. Eh bien, rencontrer des personnes comme vous, et françaises, cela freine ce mouvement, on se dit : « Non, je ne peux pas abandonner... »

— Je n'ai pourtant rien d'extraordinaire. Je vous assure que je connais beaucoup de jeunes filles comme moi, et qu'il y en a sûrement quantité qui sont meilleures que moi.

— Possible, encore que, croyez-le, j'en aie essayé beaucoup avant de vous trouver : les « poules d'essai », comme dit le langage sportif. Mais tout l'effort de la société — peut-être : tout l'effort des hommes — tend à montrer, à rendre intéressantes les femmes qui ne valent pas grand'chose. Les femmes se plaignent d'être mal jugées. Mais pourquoi acceptent-elles que ce soit toujours ce qu'il y a de pire dans leur sexe qui occupe le devant de la scène? Et pourquoi accueillent-elles si facilement toutes les suggestions de l'homme, tendant à les rendre aviliés et grotesques? Pourquoi une telle méconnaissance de leur intérêt? Presque toutes les fois qu'une femme se dégrade — par une mode qui l'enlaidit, une danse qui l'encanaille, une façon imbécile de penser ou de parler, — c'est l'homme qui l'y a poussée; mais pourquoi ne résiste-t-elle pas? Tout le monde a remarqué que le corps de la femme, quand il n'est plus jeune, a tendance à devenir un objet ridicule et quelquefois repoussant, la joie des caricaturistes, tandis que le corps de l'homme, aux approches de la vieillesse, garde tournure beaucoup mieux. Il en est de même au moral. Quand une femme n'est pas, moralement, quelque chose de très bien, elle devient quelque chose d'abominable : c'est tout l'un ou tout l'autre. Quand une femme n'a pas de tenue, n'est pas très bien élevée, elle est une stryge.

— Je croyais que vous n'aimiez que les femmes faciles.

— J'aime les femmes qui ont beaucoup de tenue, et qui en même temps sont faciles.

— Ah, voilà!

— Vous savez ce qu'est une *stryge?* Eh bien, je dirais *garce*, si j'étais homme à employer une autre langue que la langue du quai Conti. Toutes les femmes à chichis, les femmes *vamp*, les « grandes coquettes », les femmes ohé! ohé!, toutes ces femmes qui font mettre leurs photographies dans les magazines, tout ce que j'englobe sous ce nom : la femme-tête-à-gifle, sont des stryges. Ce sont ces stryges qu'ont vues les religions, les philosophies, les moralistes qui, depuis des millénaires, jettent le mépris ou l'anathème sur la femme, mais leur tort a été de ne pas marquer fortement que c'étaient ces femmes-là qu'ils visaient, et elles seules. Et j'en reviens à ma question : pourquoi les femmes sérieuses et honnêtes ne se défendent-elles pas contre ces stryges? Ne se rendent-elles pas compte du tort que ces stryges leur font? Les pires ennemies de la femme sont les femmes. Je vous disais tout à l'heure que, lorsque je rencontre une femme pareille à celle que vous semblez être, je prends une meilleure idée de mon pays. Mais cela va plus loin : je prends une meilleure idée de tout votre sexe, et suis disposé à le traiter plus honorablement. Car si les hommes se conduisent mal avec les femmes, c'est parce qu'ils ont peur d'elles, parce qu'ils sont obsédés par les stryges. La plupart des mufleries, des abandons, des ruptures de fiançailles, etc., dont souffre la femme, c'est parce que l'homme, même si elle est gentille et aimante, a cru voir en elle, soit existante et cachée, soit inexistante encore mais virtuelle, la stryge. Et il a attaqué, ou il a fui : de toute façon il a traité sa compagne naturelle en ennemie. Et voilà comment, chez vous, les bonnes payent pour les mauvaises.

— Quand même, est-ce qu'il n'y a jamais eu une stryge dans votre vie?

— Jamais. Et je n'ai jamais eu de mérite à me défendre d'elles, puisqu'elles me font horreur. Moi, compter avec ça! Ah non, à ce point de vue-là au moins, je crèverai intact. Je n'ai jamais aimé et je ne peux aimer — disons mieux : je ne peux supporter — que des femmes simples et honnêtes. Dans le bled, en Indochine, je voyais la plupart des officiers — des hommes qui avaient droit de vie et de mort sur des centaines de leurs semblables — manœuvrés comme de pitoyables pantins par des femmes du dernier étage, des vases d'ignominie, laides, viles, avariées, mais chichiteuses, avec de ces manèges grotesques comme on en voit aux stars de cinéma (ah! les espionnes ont beau jeu, dans l'armée française!). Et j'ai dit quelquefois à un de ces hommes : « Comment pouvez-vous? » Il m'a répondu : « Il n'y a rien. Je prends ce qu'il y a. » Et moi : « Perdu dans une île déserte, sans autre femme qu'une fille à chichis, même ravissante, je préférerais faire l'amour avec le fourmilier tamanoir, à le faire avec une femme qui prétend. » Si j'avais été quelque chose dans un bled colonial, j'aurais fait refouler ou flanquer en tôle toutes ces femmes-là. Que mes hommes marchent avec les femmes indigènes, qu'ils marchent avec des hommes, avec des gosses, avec des ânesses, avec des feuilles de figuier [1], avec n'importe quoi, mais pas avec ces femmes-là. Le mal qu'elles font dans nos colonies ne peut être imaginé.

Elle vit qu'il était plein d'un feu sacré, et se rappela ce qu'elle lisait jadis dans ses manuels d'histoire, que les révolutionnaires de la Terreur tuaient par vertu. Elle approuva néanmoins. Ensuite, comme Costals s'était remis à ses plaisanteries, elle lui dit qu'elle allait préparer le thé : tant d'éloquence méritait bien cela.

— Savez-vous seulement faire le thé?

— Vous ne me connaissez pas.

— Alors venez, et je vais vous apprendre. Et puis, vous verrez les chattes jouer du violoncelle.

— Est-ce que vraiment vos chattes jouent du violoncelle? demanda-t-il, car tout lui paraissait toujours possible.

— Non, mais elles dressent la patte toute droite quand elles font leur toilette intime, et alors elles ont l'air de jouer du violoncelle.

— Cette image ne me paraît pas exacte, dit-il, en bon artisan de l'écriture.

Il la suivit à la cuisine.

Les chattes les y avaient précédés, mais elles ne jouaient pas du violoncelle. La Noire devait avoir froid aux pattes, car elle les avait recou-

---

1. La « raquette » du figuier de Barbarie, particulièrement appréciée dans les solitudes africaines.

vertes de sa queue. Tandis que la Grise avait sans doute froid à la queue, ayant posé dessus ses pattes. La Noire ouvrit les yeux quand ils entrèrent. La Grise hésita si elle en ferait autant, puis les garda fermés, pour leur montrer son dédain. Un profond silence régnait dans la cuisine, martelé par le tic-tac trop fort, disproportionné, d'un gros réveille-matin, tic-tac qui soulignait le silence, au lieu de le rompre. Ce silence était plus grand encore ici que dans le salon, car la pièce donnait sur la cour, et tout l'immeuble, côté cour, avait son aspect du dimanche, c'est-à-dire l'air d'être inhabité. Les fenêtres des cuisines, ouvertes les autres jours, et d'où s'échappaient alors les rengaines phonographiques et les cris ancillaires, étaient closes. Leurs rideaux tombaient, marqués à la place de l'espagnolette par une ombre montrant que toute la semaine ils avaient été relevés, ce qui leur donnait l'aspect particulier des robes que portent le dimanche les femmes de chambre, et qui tombent mal.

Solange mit une bouillotte d'eau sur le feu. Costals s'empara d'un volume de la Bibliothèque Rose, *les Vacances*, qui se trouvait sur la table. Solange dit qu'elle l'avait prêté à la petite fille de la cuisinière, venue de la campagne passer quelques jours avec sa mère.

— La comtesse de Ségur! Vous ne sauriez croire comme l'apparition de ce livre est accordée avec ce que je pensais de vous il y a quelques instants. Parbleu, la « petite fille modèle », c'est vous! « Marguerite de Rosebourg », c'est vous! Toute mon enfance ressuscite avec ce livre rouge, et elle ressuscite mêlée à vous. Comme cela me plaît!

Debout, ils feuilletèrent le livre posé sur la table de cuisine.

— « *Les vacances étaient près de leur fin; les enfants s'aimaient tous de plus en plus* », lut Costals. Est-ce gentil! Il me semble que nous aussi nous nous aimons toujours de plus en plus.

— Oh oui! dit-elle, enfantinement, en tournant le visage vers lui. Puis elle appuya sa tête contre la sienne, comme il est entendu qu'on doit faire quand on lit à deux le même livre. Il poussa la fenêtre, de crainte qu'on ne les vît. La pièce fut un peu plus sombre. Solange lut :

— « *Marguerite se jeta dans les bras de son père, qui l'embrassa tant et tant que ses joues en étaient cramoisies.* »

Ils rirent, car un jour il lui avait fait la remarque qu'elle était tout empourprée de ses baisers. Et ils s'embrassèrent à bouche-que-veux-tu.

— La divine comtesse! s'écria Costals. Ses livres respirent l'esprit de la condition. On y boit jusqu'à la lie le malheur de n'être pas noble. Tous les bons ont une particule, et tous les méchants n'en ont pas. Au moins, comme cela, il est facile de s'y reconnaître. Oh! Oh! voici une phrase qui semble concerner quelqu'un que je connais : « *Je demande maintenant que Sophie nous explique comment cet accident est arrivé.* »

— Est-ce moi que cette phrase concerne?

— Chère Rosebourg, n'y a-t-il pas eu, dans votre vie de jeune fille, un petit accident?

— Lequel? demanda-t-elle, et il rit, charmé de sa candeur.

Dans la bouillotte, l'eau se mit à chanter. Solange voulut la retirer du feu. Il l'en empêcha.

— Laissez chanter cette petite eau; vous voyez bien qu'elle en a du plaisir. Il me semble que j'entends mille bruits dans cette pièce, qui d'abord semblait silencieuse, comme on distingue peu à peu des objets dans l'obscurité, à mesure que les yeux s'y habituent. Est-ce que vous n'entendez pas mille petits bruits autour de vous?

— Mais si...

— Comment, « mais si »! Ce toupet! Il n'y a que les littérateurs qui aient le droit d'avoir de l'imagination. Vous méritez qu'on vous pousse une colle : dites-moi, je vous prie, quels sont ces bruits que vous prétendez entendre si bien.

Il mit son visage dans ses mains. Elle dit :

— Il y a le bruit de la goutte qui tombe du robinet sur l'évier, — un bruit mat, sourd. Il y a le bruit de l'eau qui tombe du bain-marie dans le récipient métallique, un bruit net, vif. (« Le *bain-marie!* se dit-il. Oh! ce qu'elle est calée! ») Il y a le bruit de l'eau qui jaillit du bec de la bouillotte sur le fourneau; il est comme celui d'une locomotive sous pression. Il y a le bruit de la vapeur qui fait tressauter le couvercle, avec, on dirait, un gros soupir de bien-être...

Il sourit, dans ses paumes ramenées sur son visage, répéta :

— ...avec un gros soupir de bien-être...

— Tous ces bruits sont à intervalles réguliers. Mais il y a les bruits francs-tireurs. Vous entendez le petit toc-toc de la chaise sur le carreau? C'est la Noire qui se gratte. La table craque; on dirait qu'elle étire ses pieds, de paresse, parce que c'est dimanche. On dirait que tous ces bruits n'existent que le dimanche, comme si les objets du ménage se donnaient congé. Et le réveil bat la mesure pour tout ce petit orchestre, important et pansu comme un maître de ballet de la comédie italienne...

— Eh bien! ma vieille, dit Costals, levant le visage, c'est la journée des révélations. D'où tirez-vous tout cela? Le don d'*attention* et le don de l'*image* : les deux dons fondamentaux de l'art d'écrire, vous les possédez. Et dire qu'il était bien entendu dans mon esprit que vous manquiez totalement d'imagination! — Oh! voici encore du nouveau...

La jeune fille, recueillant dans sa main quelques gouttes du robinet, les éparpillait ensuite sur la plaque chaude du fourneau, où elles s'évaporaient avec un bruissement de robe de soie. Elle dit :

— Elles courent, courent, comme pour échapper à l'évaporation qui les guette...

Costals les regardait avec les yeux qu'on a quand on regarde longuement la flamme.

— Oui, comme des soldats qui courent, courent, avant d'être réduits à rien par les explosions d'obus. Quelle horreur elles ont de disparaître! Et c'est vous qui avez songé à cela!

Elle fit mine de s'arrêter. Il la supplia :

— Je vous en prie, faites-m'en mourir encore quelques-unes...

De nouveau elle éparpilla les gouttelettes. Et de nouveau s'arrêta.

— Encore! Je ne me lasse pas de les voir entrer dans le néant.

— On dirait que vous y prenez du plaisir.

— Cela me rappelle le mot d'un général de l'armée de Darius, pendant la bataille. A chacun de ses hommes qui tombait, il disait : « Encore un imbécile de moins. » Il est vrai que c'était un général philosophe, et l'espèce n'en est pas à encourager.

Penchée sur la table, elle feuilleta le livre rouge et or.

— Je voudrais retrouver une phrase des *Vacances*, qui m'émouvait toujours, quand j'étais petite fille...

Dans le silence, le génie de l'eau qui tombe, le génie de l'eau qui bout, le génie du feu dans le fourneau — ce feu jamais éteint, comme dans les plus anciens mythes, — les génies des chats immobiles, et jusqu'au génie de cette journée triste, hiver bizarre au cœur de l'été, recomposaient l'univers familial de Costals et de sa petite enfance, avec ses chats, avec ses *nursery rhymes*, son *kettle*, ses contes d'Andersen, ses boîtes à musique, ses catalogues du Jour de l'An, Humpty Dumpty et La Tour prends garde, Cadichon et *kitty darling*, toute sa féerie vieille-Angleterre et vieille-France à l'usage des petits garçons un peu collet monté. Et c'était elle, génie plus silencieux qu'eux tous, même quand elle parlait, c'était cette Cendrillon si discrète (« Si je disparaissais pendant une semaine, je crois que mes parents ne s'en apercevraient pas, tant je tiens peu de place dans l'appartement »), c'était elle qui, d'un coup de baguette, avait réveillé cet univers et le lui offrait! C'était cette étrangère qui rouvrait sa chambre d'enfant et lui rendait l'odeur de son passé.

— Tenez! s'écria-t-elle, je l'ai retrouvée! Vous savez, cette phrase qui me faisait rêver, quand

j'étais petite fille. Paul dit à Sophie : « ̄
donc oublié ? » Et elle : « *Oublié, no*̄
dormais dans mon cœur, et je n'osais pas ̄.........

Costals posa les yeux sur le livre, voulant lire
lui-même cette phrase. Pourquoi lui donnait-elle
la sensation de ne lui être pas inconnue ? Il battit
des paupières, dans l'effort pour se souvenir. Tout
d'un coup il se souvint, et un frisson lui parcourut
les joues. De ces lignes, jadis, sa mère lui avait
dit cela même que lui disait Solange : « Quand
j'étais petite, cette phrase me troublait. Je me la
répétais à mi-voix, encore et encore... »

Toujours il avait été heureux de parler de sa
mère à Solange. Mais cette fois !... Qu'à tant d'années de distance, sa mère et cette jeune fille
eussent été émues par les mêmes mots ! Il dit cela
à Solange, sans le commenter : quelque chose de
trop fort lui étreignait le cœur. Il lui semblait
que descendait sur elle comme une mystérieuse
indication.

— Et le cauchemar du maréchal de Ségur, dans
la maison hantée ! Est-ce qu'un garçon pouvait en
avoir peur ? Moi, il me terrifiait...

Ils en lurent des yeux le récit, ensemble. Costals
arriva à ce moment où le Maréchal, tandis que le
spectre lui pose la pointe de son poignard sur la
poitrine, baise l'Étoile du Saint-Esprit à son cor-
don, et le spectre, devant ce geste, lui laisse la
vie sauve. Il arriva à cet endroit, et alors il se
passa une chose étrange : les larmes lui montèrent
aux yeux et il se mit à trembler.

Les yeux pleins de larmes, et tremblant, il lui dit :

— Quand j'étais petit, et que j'arrivais à cet endroit, les larmes me venaient aux yeux comme aujourd'hui. Je pleurais, parce que le Maréchal avait été sauvé pour avoir été courageux. Et parce que le spectre n'était pas si mauvais, qu'il ne fût touché de son courage. Et moi non plus, comme le spectre, je ne suis pas si mauvais que je n'en pleure encore aujourd'hui. Et c'est à vous que je dois cela! Vous m'avez métamorphosé en ce qu'il y a de bon en moi. Vous m'avez remis dans l'ambiance de ma famille, du temps que j'étais quelqu'un de bien, parmi des gens qui tous étaient bien. Tandis que maintenant je vis parmi les littérateurs, et suis devenu un farceur et un roué. Que serait ma vie, sans ma période de guerre? Je n'aurais jamais été quelqu'un de bien, que lorsque j'étais un enfant.

Se courbant, il posa le front sur le livre ouvert. « Je fais comme vous quand vous éteignez l'électricité, pour que vous ne voyiez plus mon visage d'homme avec toutes ses choses impunies. » Debout contre l'évier, elle lui caressait les cheveux. Il avait pris l'autre main de la jeune fille, et la tenait dans la sienne, — si chaude, comme une poignée de sable. Puis il releva la tête. Il était pressé par un terrible besoin de lui dire sa vérité. Ce besoin le prenait assez souvent. C'était presque toujours dans des âmes viles qu'il jetait sa vérité : elle s'y perdait mieux. Mais cela pouvait se faire dans une âme pure; il n'y avait pas de règle. Il lui dit :

— Si on suivait en moi une certaine veine, on trouverait une succession constante de choses bien. Si on en suivait une autre, une succession d'horreurs. Non pas de petites horreurs selon le code d'ici ou là, c'est-à-dire selon des usages locaux : de véritables choses hideuses que la conscience universelle ne pardonne pas. Si je n'avais pas fait ces horreurs, dans quel abîme de désespoir je serais aujourd'hui, et demain surtout, quand je vieillirai! Ce n'est pas du tout par désir de m'humilier que je m'accuse devant vous. C'est par désir de voir les choses telles qu'elles sont, et que vous les voyiez vous aussi telles qu'elles sont, sans faiblesse, parce que c'est cela qui est bon. — Non, non, dit-il, les yeux voilés, comprenant qu'elle voulait parler, non, laissez-moi me livrer à cet esprit qui se dandine en moi. Laissez-moi être ce que je suis, jeta-t-il avec passion. — Que disais-je? Ah oui, les veines... Eh bien, parfois ces veines courent parallèles. Parfois elles se coupent, et il arrive qu'alors elles s'entrelacent dans des arabesques, qu'elles jouent ensemble, car j'aime jouer. Et il arrive aussi qu'elles se fondent l'une dans l'autre, vous comprenez bien, le mieux et le pire fondus ensemble et indiscernables l'un de l'autre. Et dans le mal que je fais il y a une partie que j'aime et une partie que je n'aime pas, comme il y a dans le bien que je fais une partie que j'aime et une partie qui m'est indifférente. (Une des chattes éternua.) Certes, je jouis du mal, mais je crois que je jouis du bien avec plus d'intensité encore. Cependant, cela n'est pas sûr... Vous vous souvenez? Un jour vous m'avez abordé avec un : « Alors, le moral est bon? » Et je vous ai répondu : « Oui, mais l'immoral aussi. » C'est cela que vous devez comprendre. Attention à ne pas me préférer l'idée que vous vous faites de moi. Il faut me prendre avec mes dépendances : les écuries et les latrines. Quoi qu'il en soit, c'est cette jouissance du bien que vous avez ranimée en moi. Et ce qu'il faut que vous sachiez, c'est que j'ai joui et jouirai encore du mal que j'ai fait et ferai à d'autres êtres, mais que jamais — je vous le dis d'une façon solennelle — jamais je ne jouirai du mal que je vous ferai à vous.

Il se laissa glisser à genoux sur le carreau, tout frémissant de résister au plaisir qu'il aurait voulu lui faire en lui disant qu'il l'épouserait. Comme elle était assise d'une jambe sur le bord de l'évier, un pied pendant, il baisa l'extrémité de sa jupe, puis il fit tomber son soulier de daim gris, prit son pied entre ses mains et le tint contre ses lèvres, là même où le bas portait une petite reprise. Souvent, il avait baisé son visage aux endroits où ses traits étaient un peu défectueux, pensant que par ses traits beaux elle appartenait à tous, tandis que par ses traits défectueux elle n'appartenait qu'à lui. Maintenant il la baisait sur la reprise de son bas, parce que cette reprise inattendue introduisait dans l'idée qu'il se faisait d'elle quelque chose d'un peu pauvre, et comme la possibilité que tout ne fût pas authentique dans la grande aisance apparente où elle vivait; et cela rendait plus odieux encore le tort qu'il lui ferait un jour. Et savoir qu'elle était un peu malade aujourd'hui, le savoir au-dessous de tous ses autres sentiments, cela les chauffait et les faisait bouillir, comme la flamme, auprès d'eux, chauffait et faisait bouillir l'eau.

— Vous, dit-il enfin, vous, si sage, comme pour attendrir la destinée... C'est étrange, je vous veux du bien. Vouloir réellement du bien à quelqu'un, quelle chose mystérieuse! Ce qu'il faut, c'est que vous soyez toujours contente. Une fois que vous serez sortie de mes mains, naturellement, parce que, tant que nous serons ensemble... Je voudrais tant circonscrire les dégâts que je ferai en vous! — Ne m'aimez pas! Ne m'aimez pas! s'écria-t-il, avec un accent de violence. C'est la seule chance que vous ayez de ne pas souffrir de moi. Si, il y en a une autre : c'est de bien vous rendre compte que je suis fou. Je ne suis pas *que* fou, mais je suis, *aussi*, fou. (Il sentit sous ses lèvres bouger les doigts de son pied; en même temps, à travers sa grisante émotion, il trouvait que son pied était un peu maigre, il l'eût préféré plus puissant.) Marguerite de Rosebourg, dit-il, relevant la tête, je vous demande pardon pour l'avenir. C'est la partie divine de mon âme (bien que je ne croie pas en Dieu, tout en n'ayant aucune raison de n'y pas croire), c'est la partie divine de mon âme qui vous demande ce pardon, à l'avance, pour le mal que je vous ferai; et je vous le demande en baisant en pensée cette rayonnante Étoile du Saint-Esprit que moi aussi je porte invisiblement sur le cœur. Rappelez-vous bien ceci, Rosebourg : je vous ferai du mal, mais je ne jouirai pas du mal que je vous ferai. — Est-ce que je vous ennuie? demanda-t-il, voyant la Grise qui bâillait à se décrocher la mâchoire. Et, par cette association d'idées saugrenue, la partie rieuse de lui-même se réveilla et reprit le dessus. Durant tout ce discours, il avait été comme jeté à droite et à gauche par des coups de vent contraires.

Il se redressa, et alors, debout contre lui, elle appuya ses avant-bras sur la poitrine de cet homme, soit par un instinct immémorial des petites filles, soit parce qu'elle avait vu faire ainsi au cinéma. Elle ne l'avait pas relevé quand il était à genoux. Elle n'avait pas pleuré quand il pleurait; l'heure n'était pas encore venue où il saurait la faire pleurer. Avec une confiance que rien dans ces moments-là n'aurait pu atteindre, elle l'avait écouté comme on écoute un enfant qui divague dans un rêve. Elle lui dit : « Vous ne ferez rien contre moi, je le sais. » Il fut gêné qu'elle ne le connût pas mieux, et il se disait : « Que puis-je contre sa confiance? » Entre temps, le ciel s'était éclairci, elle avait ouvert la fenêtre (des canaris pépiaient dans une cage nouvellement sortie), et leur longue étreinte pouvait être vue. Il y pensa, mais ne poussa pas la fenêtre, comme si quelque chose était survenu qui leur donnait le droit de s'étreindre aux yeux de tous. Ils restèrent ainsi, confondus, comme le ciel et la mer certains jours où la ligne d'horizon n'est plus visible, dans une grande splendeur unie et étale. Ensuite ils se séparèrent, satisfaits l'un de l'autre.

Le soir de cette journée où ils avaient parlé durant cinq heures, avec une passion de vérité et de sérieux, sans caresses (et même il n'avait pour elles que dédain), toutes choses qui étaient nouvelles entre eux, Costals ne put dormir. L'estime qu'il avait pour elle le maintenait éveillé. Cette estime lui causait, dans son corps même, une tension toute virile, qu'il n'avait pas éprouvée durant les chastes heures à la cuisine, et qui en ce moment n'était pas davantage accompagnée de la moindre image voluptueuse. « Les Précieuses, songeait-il, distinguaient le *Tendre sur estime*. C'est bien ça, je suis en train de me tendre, sur estime. » Il ne s'était jamais douté, jusqu'alors, qu'un sentiment ressortissant aussi uniquement à la morale pût avoir un tel effet, et il l'admirait fort.

Il sentait bien que, ce jour-ci, il avait traité Solange en fiancée, et qu'il était impossible qu'elle ne s'en fût pas rendu compte. Pour la première fois, il envisagea qu'il aurait peut-être la faiblesse d'enfourcher un jour l'hippogriffe nuptial avec elle, si elle se décidait à en avouer le désir. Il savait, de certitude, que ce serait là folie pure. Il savait que le mariage, dont il avait toujours dit, comme Don Quichotte : « Il n'est pas possible que j'aie seulement la pensée de me marier, fût-ce avec l'oiseau phénix », serait la ruine de sa destinée : en tant qu'écrivain, par les obligations, l'usure nerveuse, le besoin d'argent, la perte de temps qu'il fait naître; et en tant qu'homme, parce que l'indépendance était pour Costals une nécessité aussi absolue que l'air même qui le maintenait en vie. L'hippogriffe, une fois enfourché, ne pouvait le conduire qu'aux enfers. Mais l'idée d'épouser Solange était un abîme qui soudainement s'était ouvert devant lui, et qui l'aspirait.

Supposé que ce mariage se fît, il était fatal qu'un jour vînt où il lui faudrait divorcer, à la fois pour *sauver son œuvre*, et *sauver son âme*. Mais si Solange n'avait aucun tort envers lui (et elle n'en aurait aucun, il en était convaincu), et si elle se refusait au divorce, comment reprendre sa liberté? Toute la nuit cette perspective pesa sur lui, comme un incube. Il vit enfin que le seul moyen d'en sortir serait de la tuer. Non pas de la tuer ouvertement, et d'être condamné, ce qui lui créerait une existence où il ne pourrait plus ni continuer son œuvre, ni s'occuper de l'amour. Mais de la tuer en cherchant à n'être pas pris. Par exemple, en la faisant basculer, la nuit, du bastingage d'un paquebot. Ou en l'emmenant en mer pour une promenade en canot. Il avait déjà réfléchi à tout cela, en d'autres circonstances.

Bien sûr, la tuer serait un forfait abominable. Mais s'il n'y avait que ce moyen-là de redevenir un homme? « Suis-je donc un monstre? Non, je suis comme tout le monde. Parfois meilleur que les autres, et parfois pire. Je suis comme sont sept personnes sur dix. Et quand sept personnes sur dix sont des "monstres", il n'y a plus de monstres. Il peut paraître singulier que, le même jour, d'une part j'aime assez cette petite pour admettre de l'épouser, et d'autre part j'envisage de la tuer, et de la tuer pour un motif non " passionnel " : simplement parce qu'elle me gênerait. Mais bien d'autres choses, dans les âmes, sont singulières. Sans doute, puisque c'est l'hypothèse mariage, et elle seule, qui engendre en moi le projet homicide, il serait simple de ne pas l'épouser. Hélas, cela n'est pas si simple. Il y a là un abîme qui m'aspire. »

Il avait cru que la nuit dissiperait ces songeries comme de mauvais fantômes. Au réveil, en effet, la possibilité de ce mariage avait perdu en lui beaucoup de sa consistance. Pas assez cependant pour que certaine mesure de précaution, si pénible lui parût-elle, ne fût exécutée aussitôt.

Il devait envoyer à une revue, ce jour-là ou le lendemain, une longue nouvelle où on voyait un homme en empoisonner un autre, de crainte qu'il ne devînt indiscret. Tous les mouvements par lesquels passait l'homme avant de commettre son acte, et la technique de cet acte, étaient minutieusement décrits, durant une soixantaine de pages. Il y avait là un texte qui, supposé qu'un jour des soupçons pesassent sur Costals, se retournerait terriblement contre lui. « Un homme qui a été capable d'imaginer un assassinat avec cette précision de visionnaire n'est pas loin de pouvoir le commettre : il l'a déjà presque commis en esprit. » On entendait d'ici l'Avocat général! Avec un soupir, Costals écrivit au directeur de la revue qu'il ne pourrait pas lui envoyer la nouvelle qu'il lui avait promise.

En même temps il écrivit à Andrée, car il avait pitié d'elle, parce qu'il se sentait heureux.

PIERRE COSTALS
Paris

à

ANDRÉE HACQUEBAUT
Saint-Léonard

21 juin 1927.

Chère Mademoiselle,

Un mien petit cousin [1], de cœur franc et gentil, encore qu'un peu voyou (par la faute de son père, qui est quelqu'un d'impossible), se trouvant un jour en promenade, téléphona à son père. — « Allô. C'est toi, papa? » — « Oui. Qu'y a-t-il? » — « Rien, seulement je suis content, je m'amuse bien. Alors j'ai voulu te le dire. »

Hier, j'ai été content. Content dans une cuisine. Et, ma bienveillance renaissant sous l'effet de ce contentement, j'ai voulu « vous le dire », et aussi savoir ce que vous devenez. Mandez-moi cela *courtement* (pas plus de deux pages). Je crois bien que vous m'avez écrit ces temps derniers, mais je vous avoue ne plus me rappeler ce qu'il y avait dans vos lettres; j'ai dû n'en lire que les premières phrases. Je ne vous demande pas : êtes-vous heu-

---

1. Il s'agit du bâtard de Costals. Voir *les Jeunes Filles*.

reuse? car je sais bien que le bonheur n'est pas votre destin. Mais enfin, est-ce que ça roule un peu?

Au revoir. Vous n'avez pas idée comme je suis bienveillant pour le quart d'heure. « Occasion. A profiter. »

C.

De ma vie je n'étais entré dans une cuisine. C'est un endroit étonnant; les plus riches possibilités. Et dire qu'on vivait à côté de ça!

Si ce roman sacrifiait aux règles du genre, telles qu'elles sont établies en France, la scène à la cuisine, entre Costals et Solange, y eût été placée à la fin. Tout le monde s'en fût réjoui : les doctes, parce que la scène culminante doit être placée à la fin, dans un roman composé à la française, c'est-à-dire dans un roman composé *avec logique*, et les moraux, parce que cette scène semble faire prévoir que les héros s'uniront : ainsi le roman, se terminant sur *une échappée de ciel bleu*, devenait édifiant d'un bout à l'autre, car les romans français, à l'instar des âmes chrétiennes, gardent la possibilité de se sauver *in extremis*.

Mais la vie, qui ne sait pas vivre, prétend sottement se dérober aux convenances du roman français. Dans l'histoire que nous narrons ici, telle qu'elle se passa en réalité, cette scène à la cuisine, où Costals et son amie découvrirent côte à côte des régions honorables d'eux-mêmes, fut certes un sommet, mais avec les inconvénients des sommets.

Car, le sommet atteint, il faut bien descendre. Cette scène fut sans lendemain.

Lorsqu'ils se revirent, Solange fut taciturne, et presque morose. Peut-être avait-elle ses raisons. Peut-être sans raison. Peut-être même n'était-elle pas différente de ce qu'elle était d'habitude, mais ils revenaient de trop haut. Lui, à maint trait, il doutait qu'elle l'aimât profondément. Le visage de la jeune fille ne s'éclairait pas quand elle l'apercevait... Depuis quinze jours elle n'avait pas fait développer des instantanés qu'elle avait pris de lui... Alors que tant de femmes le comblaient de menues attentions, jamais rien de semblable chez elle... Elle lui dit une fois : « Ni de votre côté ni du mien il n'y a emballement. C'est un gage de la solidité de notre affection. » Ce « ni de votre côté » était un écho de ce qu'il lui avait dit, qu'il n'était pas amoureux d'elle. Mais le « ni du mien » lui parut frisquet.

Il se disait : « Elle est une lampe voilée. Sa lumière est chose certaine, mais elle manque de rayonnement. » Et en effet, sitôt loin l'un de l'autre, la personnalité de Solange, malgré tout assez faible, était comme dévorée par celle de Costals. Auprès d'elle, il croyait à sa droiture. Elle absente, ce qu'il y avait de tortueux en lui travaillait. Défiant comme un prince, et toujours prêt à croire que les autres lui voulaient le mal dont il se sentait capable envers eux, il substituait sans y prendre garde son âme inquiétante à celle de la jeune fille, et bientôt il se trouvait en esprit devant une Solange détachée et trouble, qui n'était qu'un reflet de lui-même. Il l'avait recréée à son image.

Il lui avait demandé : « Cette caresse que je vous ai faite, le premier soir, au Bois, qu'en avez-vous pensé? » Elle lui avait répondu qu'elle en avait été surprise à l'extrême, sans en être choquée, mais que la sensation lui en avait été désagréable. Il s'exagérait sa froideur physique, et, comparant la mauvaise qualité de sa jouissance à la jouissance d'une Guiguite ou de telles autres, il soupirait : il lui donnait, pour la jouissance, la note de 5 sur 20. Et il s'encourageait avec des théories, pleines de cette fatigante habitude qu'il avait de tirer un trait entre les sexes : « L'homme n'aime de cœur que ce qu'il a d'abord désiré sensuellement; chez la femme, c'est l'inverse : elle aime d'abord de cœur, et de là coule au désir. Les hommes laids sont aimés, les femmes laides ne le sont pas. Une femme qui aime ne s'occupe pas si son homme n'est pas rasé depuis deux jours. Tandis qu'aucun homme n'embrasserait la femme à barbe. »

A d'autres moments, cette froideur de Solange ne lui déplaisait pas. Elle lui servait d'excuse, ouvrant la porte par laquelle lui aussi il s'enfuirait un jour, à la divine conquête de quelque nouvelle petite comparse. Si elle était restée la Solange du « dimanche à la cuisine », peut-être enfin l'aurait-il épousée. Mais, si elle voulait l'abandonner, et en donnait le signal la première, il l'abandonnerait lui-même avec indifférence. Personne ne lui manquait jamais, que son fils, et d'ailleurs personne n'est irremplaçable. (Aussi était-ce un des traits les plus significatifs de son caractère, qu'il ne connût presque pas la jalousie, dont il professait qu'elle est un sentiment de crémière.) Que

la jeune fille devînt folle de lui, ou qu'elle le délais-
sât : ces deux solutions étaient pour lui égales.
Il s'adapterait aux deux avec la même aisance,
la même promptitude et la même satisfaction :
plus ardent à mesure qu'elle deviendrait plus
ardente, ou plus oublieux qu'elle, si elle choisissait
de l'oublier. L'amplitude de son clavier intérieur,
et la maîtrise qu'il en avait, étaient telles, qu'il
pouvait en tirer n'importe quoi à volonté.

Toutefois, prêt à penser que leur liaison allait
peut-être vers son couchant, il jugea que ce serait
agir mal à son égard, que tarder davantage à
régulariser leur situation. L'état de demi-vierge
ne saurait satisfaire indéfiniment une âme éprise
d'absolu. L'heure était venue de faire entrer
Mlle Dandillot dans un genre nettement tranché.

A cet effet, ils étaient donc chez lui, ce soir-là,
dans cette chambre qu'il appelait « le tombeau
de la femme inconnue ». Quand soudain...

> *Qui donc sonne ici si tard,*
> *Compagnons de la Marjolaine?*

Oui, qui donc, à neuf heures et demie passées?...
Le domestique était sorti. Il la vit se dresser d'un
coup dans le lit, les yeux écarquillés, et tenta de
la calmer. Une enseigne électrique, au dehors,
mettait des taches rouges sur ses bras et ses
épaules, et la lumière de la nuit citadine, passant
par bandes entre les lattes des volets, lui striait
le visage de clair et d'obscur, comme si elle était
derrière les barreaux d'une prison : cette prison
figurée était son amour pour lui, mais il ne s'en
doutait guère. On sonna encore. Puis une troi-

sième fois, prolongée. Elle se glissa hors du lit et gagna le lavabo.

Il l'y suivit; elle se rhabillait; il la conjura de n'en rien faire. Mais elle était frappée. Une minute s'écoula, elle à demi rhabillée, assise sur une chaise. Et soudain on sonne de nouveau, puis on donne des coups de poing contre la porte de l'appartement.

Cette fois, Costals s'émut un peu. Solange était tout à fait rhabillée. Il n'y avait là qu'une donzelle en tenue fort correcte, et dont les parents ne pouvaient ignorer qu'elle venait fréquemment chez lui. Mais il ne réfléchissait pas : il n'était qu'un nerveux qui a entendu frapper à coups de poing à la porte derrière laquelle il est au lit avec une jeune fille.

Cependant les coups avaient cessé. Sur la pointe des pieds, il alla vers l'antichambre, voulant s'assurer si on n'attendait pas derrière la porte. Sous la porte, une carte de visite avait été glissée. Andrée!

Votre lettre m'a trop touchée pour que je ne désire pas que nous ayons au plus tôt une explication, que nous fassions le point : j'ai pris le train. Vous êtes en ce moment chez vous, puisque les fenêtres d'une de vos chambres sont éclairées. Mais peu importe... Prière de m'envoyer un pneu à l'adresse suivante, pour demain si possible.

Ainsi donc cette femme ne se contentait pas de l'assommer à distance. Elle sonnait chez lui à neuf heures et demie du soir. Elle frappait du poing à sa porte, comme un charretier. Elle surveillait ses fenêtres, comme un sbire. Elle le dérangeait dans *ce qu'il aimait*, elle qui était *ce qu'il n'aimait pas*.

Il dit à Solange que c'était « un imbécile d'ami », mais, quand il lui demanda s'ils allaient en rester là, elle s'excusa sur ses nerfs ébranlés.

— Ne vous excusez pas. Vous entendriez tout le temps la sonnerie et les coups de poing... Moi, j'ai beau faire, depuis neuf ans de paix, les coups de poing aux portes, ça me rappelle une mitrailleuse. Finissons la soirée au Bois. Demain, j'irai vous prendre devant chez vous, à quatre heures moins un quart. Nous irons ensuite à ma campagne.

Il appelait ainsi un atelier qu'il possédait, avec un jardin, boulevard du Port-Royal, et où ils allaient quelquefois.

Il écrivit ensuite un pneumatique à Andrée. L'Ange de la Perfidie lisait par-dessus son épaule.

Chère amie (c'était, depuis cinq ans, la première fois qu'il l'appelait : amie),

Comme je suis content de vous revoir! Si j'avais pu penser que c'était vous tout à l'heure, sûrement je vous aurais ouvert, encore qu'en déshabillé de nuit, mais si solitaire! Venez demain 25 juin à quatre heures et demie, 96, Bd du Port-Royal, et sonnez trois coups. C'est une petite « folie » que j'ai là depuis plusieurs années. Nous y serons tranquilles.

A vous.

C.

P.-S. — *En vous écrivant, je fais une perfidie à une femme. Gracieuse perfidie!*

Ils sortirent. Les étoiles dansaient comme des poussières dans un rayon de soleil. Il fit arrêter à une poste, et tendit le pneumatique à Solange.

— Mettez-le vous-même, ça me ferait plaisir. Vous pouvez lire l'adresse. Vous voyez que c'est une femme...

Elle le regarda, d'un air interrogateur et craintif.

— C'est une femme que je punis.

— De quoi la punissez-vous?

— De ne pas l'aimer.

Rentré, il écrivit dans son carnet : « A mon balcon, minuit moins le quart, je goûte à fond l'exquis de la perfidie. C'est là un état où il y a tant de plaisir, qu'on se demande comment on en peut sortir sans raison grave. Au-dessus de la ville, le ciel est rose comme du fer qui commence à chauffer. Un vent d'émeraude me coule sur le visage. »

Le lendemain, à quatre heures, Costals et Solange arrivèrent à l'atelier de Costals, boulevard du Port-Royal. Situé au fond d'un jardinet, cet atelier était comme tous les ateliers; nous ne le décrirons pas (la garçonnière dans toute son horreur). Il avait cependant une particularité : plusieurs petites pancartes y étaient disposées sur les meubles, que Costals avait fait faire, selon une mode américaine alors assez répandue en France. L'une d'elles portait cette inscription :

MESDAMES!
N'OFFREZ PAS AUX MESSIEURS
PLUS QU'ILS NE VOUS EN DEMANDENT

Une autre :

LE
MONSIEUR
N'ÉPOUSE PAS

Une autre :

LE
MONSIEUR
NE REND PAS LES LETTRES

Ce n'était pas d'un goût très délicat, mais il faut bien que jeunesse se passe. Et les hautes altitudes morales sont d'autant plus agréables qu'on a pris *pied à terre* quelquefois.

— Tout cela n'est pas pour vous, dit Costals à Solange. Soyez sans crainte, je vous rendrai vos lettres. Et maintenant, suivez-moi.

Au fond de l'atelier, on accédait par un escalier à une petite loggia, que Costals appelait le colombier, parce que, ainsi perchée, elle avait en effet quelque chose d'un colombier, et parce que les colombes humaines y nichaient à l'occasion. Il lui arrivait aussi de l'appeler le *columbarium,* en vertu d'un vieux poncif, selon lequel les pensers funèbres excitent au plaisir, et bien qu'il n'eût guère besoin de tels excitants.

— Eh bien, mon petit chou, à présent c'est fini de rigoler. Voici qu'il va falloir sauter le pas. Sur ce lit, vous deviendrez femme, tout à l'heure. Vous pouvez donc, dès maintenant, vous fourrer le décor de cette pièce dans la prunelle, si ce qu'on prétend est vrai, que cet acte garde malgré tout quelque importance pour une jeune fille. Et il en garde! Un instant comme celui-là, c'est une tache d'huile qui s'étend sur toute la vie d'une femme. Tâchez donc de faire ça bien. Pour le moment, on ne vous demande rien d'autre que de vous tenir çoite, comme un petit artichaut. Dans quelques instants, je vais recevoir quelqu'un, en bas. Voyez ce rideau : derrière lui vous entendrez tout, et même verrez tout, en l'écartant un peu, sans être vue. Au revoir. Si vous voulez prendre patience, il y a là des livres de morale. Tenez, voici, par exemple, *la Morale avant les*

Philosophes, de Louis Ménard. Vous verrez les progrès que les philosophes lui ont fait faire. Ah! ce sont de rudes lapins!

Il descendit, et s'assit dans un fauteuil. Un moment, les yeux vagues, il se demanda selon quel plan il conduirait la scène avec Andrée. Puis, avec cette pointe de gloire qui lui venait parfois, une telle question lui parut peu digne de l'occuper; il jugea qu'Andrée ne valait pas qu'on préparât ce qu'on allait lui dire, et se fit un point d'honneur de ne plus penser à elle. Il feuilleta une revue, évoqua Solange, si cachée, présente pourtant, comme Dieu peut-être... Là-dessus il plongea dans la confusion lucide, eut une bouffée de spirituel, et composa quelques vers, qu'il nota :

O mon Dieu! ne vous cachez donc qu'en apparence,
Non en réalité.
Quand vous vous enfoncez loin dans votre silence,
Ne cessez pas de m'écouter!

A quatre heures trente-cinq, Andrée n'était pas là. A cinq heures moins vingt, personne. Il fut content de ce retard, qui justifiait davantage encore la méchanceté qu'il allait avoir envers elle. En effet, insultes, déshonneur, abandon d'amour, perte de sa fortune, il eût supporté tout cela allégrement; mais il ne supportait pas d'attendre. Il disait toujours à ses femmes, dès leur premier rendez-vous : « La première qualité d'une amoureuse, c'est d'être ponctuelle. Tout le reste est bien secondaire. » Il l'avait dit à Solange. Il tenait compte, sur un carnet, des minutes de retard de ses amies, et, quand cela totalisait cinq heures, il rompait, — du moins il rompait en principe. Non sans les avoir averties trois fois auparavant, au bout de deux, de trois et de quatre heures, en vertu d'un vieil adage des Arabes : « Avant de le tuer, avertissez trois fois le serpent. » Solange ne totalisait à ce jour, en six semaines, qu'une heure et sept minutes. Moyenne très honorable.

A cinq heures moins un quart, on sonna, et Andrée entra. « Alors, vous revoilà, chère Mademoiselle! Chat échaudé ne craint pas l'eau froide, hein? » En serrant la main de Costals, elle la tint longuement, ce qui ne fut pas agréable à l'écrivain. Mlle Hacquebaut, qui d'ordinaire se contentait d'un peu de poudre et d'une pointe de rouge, aujourd'hui s'était fait une beauté, mais dans un style saint-léonardesque : rouge agressif, paquets de poudre rachel de place en place. Ses jambes étaient nues, ce que la température pouvait expliquer, bien que l'explication en fût ailleurs. Son visage était émacié, desséché, comme celui d'un littérateur qui est resté longtemps sans lire un article élogieux sur lui (la plante sans eau); et, sous ses yeux, des cernes que Costals ne lui avait jamais vus : bleus, violets, glacés, immenses, s'étendant en éventail, comme le sillage d'une barque, presque jusqu'aux tempes : effrayants dans ce plein jour. Il se dit qu'elle avait dû découvrir les habitudes solitaires.

Elle jeta un regard alentour, lut les pancartes.

— Non, chère Mademoiselle, vous n'êtes pas à proprement parler dans un mauvais lieu. C'est tout au plus si aux saisons j'enferme ici ma chatte, avec quelque matou. Mais il y en a toujours un des deux qui ne veut rien savoir. Généralement le matou. C'est curieux, la nature. Il faudra qu'un jour j'enferme le matou avec une souris. Peut-être que l'envie lui viendra.

— De la dévorer, oui, après l'avoir torturée sans fin. Et vous, derrière la fenêtre, vous contemplerez ça avec délices. Je vous vois d'ici.

— Quelle image d'Épinal vous vous faites de moi! dit-il, avec dégoût.

Pourtant il la tenait devant lui, si complètement à sa merci, et il recherchait quelle serait la meilleure façon de la faire souffrir. Depuis la veille, en effet, un précipité s'était fait en lui. Il y avait près de cinq ans qu'il se retenait pour n'être pas blessant avec elle, cinq ans qu'il attendait la présence minute. Cette pitié, cette gentillesse, cette patience, le coup de sonnette, hier, les avait changées en un corps qui chimiquement était leur contraire : la cruauté. Comme du lait qui se fût changé en sang. « Lait, sang, tout cela est égal. J'aime le lait et le sang, comme les Mânes. » Et tout ce qu'il y avait eu de voulu dans sa bienveillance renforçait cette cruauté. « Je me sentais héroïque, et c'est une sensation qui ne m'est pas agréable. » Maintenant il n'y avait plus qu'à donner cours à cet autre soi-même si long-temps étouffé, il n'y avait plus qu'à laisser tomber ce poids qu'il avait tenu à bout de bras pendant cinq ans. La force de la faire souffrir s'éveillait et s'étirait lentement en lui, et il regardait la jeune fille comme un lutteur regarde son adversaire, réfléchissant à quelle sorte de *prise* il tenterait contre elle. « Elle m'écrivait, reprenant le mot de Cléopâtre sur Antoine, dans Shakespeare : " Il n'y a pas d'hivers dans votre bonté. " D'abord, pourquoi serais-je bon avec elle? Comprends pas. Ensuite, pourquoi n'y aurait-il pas d'hivers dans ma bonté? L'hiver est une très belle saison, quand on la voit en fonction des autres. Vive celui dont la bouche souffle le chaud et le froid! Si les âmes des justes sont comme de bons arbres et de bonnes terres, ainsi que les nomme l'Évangile, elles doivent aimer l'hiver autant que l'été, la séche-resse que l'abondance, les ténèbres que la lumière : il faut de tout pour faire un homme. Il y a en moi toutes les saisons, tour à tour. Je suis un cosmos qui tourne et expose au soleil les points différents de sa surface, tour à tour. Tour à tour! toujours tour à tour! Maintenant elle va savoir ce que ça coûte, cinq années de pitié d'un homme comme moi. »

— Vous avez les pieds nus, lui dit-il avec complaisance. Les jeunes Français de la haute bourgeoisie d'Alger, quand ils veulent faire tom-ber une jeune fille, également de la haute bour-geoisie, l'emmènent en auto dans la forêt de Baïnem. Là-bas, si elle se refuse, ils attendent la nuit tombée, lui prennent ses souliers, et sautent dans l'auto. Elle revient comme elle peut, pieds nus. La forêt de Baïnem est à douze kilomètres d'Alger.

— Les malheureuses!

— Qu'est-ce que vous voulez, ça leur fait les pattes. Je le dis sans jeu de mots. Il faut se défendre, eh!

— Se défendre! Pauvre mâle! Tantôt à se défendre contre la femme qui se refuse, tantôt à se défendre contre celle qui se jette à sa tête. Mais moi, dit-elle (soudain volubile, boulant les mots au point d'en bégayer un peu, comme si tout à coup elle avait dévalé sur une pente), moi, quoi que vous ayez cru, je ne me suis jamais jetée à votre tête. Je n'ai pas supplié, j'ai offert : c'est juste le contraire. Vous avez refusé. Bien entendu, être aimé, cela prend partie de la liberté. Mais ainsi fait tout ce qui est vivre. En continuant simplement de vivre, vous acceptez la tyrannie du temps et de l'espace, de la température, du besoin de manger et de dormir...

— Toute ma vie est basée sur ceci : me débarrasser de ce qui ne m'est pas nécessaire.

— Si vous teniez à avoir peur de quelque chose, vous pouviez choisir d'avoir peur d'autre chose que l'amour, du mien tout au moins. Quoi qu'il en soit, vous savez si j'ai peu insisté. Je suis sortie de votre vie en silence, et suis demeurée dans ce silence. Peut-on vous le dire? J'en avais de vous par-dessus la tête. De vous, et de ce misérable amour qui ne s'est jamais nourri que de lui-même. Là-dessus, alors que j'imaginais que vous deviez penser : « Maintenant elle est bien morte, elle ne bougera plus », vous m'avez écrit. Vous m'avez crié « bis », pour que je rentre en scène, comme si mon petit sketch tragi-comique vous avait plu. Oh! vous savez l'art de tenir les femmes en haleine! Pourquoi suis-je venue? D'abord, pour vous montrer que je ne boudais pas. Et puis, parce que, malgré tout ce que je vous ai écrit, je n'avais pas renoncé. Le seul moyen de me faire renoncer, c'était de me dire que vous ne m'aimiez pas. Or, vous ne me l'avez jamais dit. En quatre ans et neuf mois, jamais. Pas une seule fois. Vous avez fui, toujours fui.

Mais ne rompant en aucun cas. En revenant de plus belle après avoir fui. Car vous êtes un faible, au fond. (« Ma tête! Ma tête! » pensa Costals, portant la main à son crâne, dans le geste achilléen de s'arracher les cheveux.) Je suis venue pour que vous me disiez ce mot, si c'est lui que je dois entendre. Pour que je l'entende de votre bouche. De toute façon, pour que nous donnions un coup de bistouri dans cet abcès.

« Eh bien, nous allons voir ça », dit-il rondement. Il n'était pas encore fixé sur ce qu'il allait dire et faire.

A ses jambes si claires, à son visage appareillé, il devinait que sa toilette avait dû être minutieuse, et il devinait dans quel but. Pourtant la couture de sa robe était un peu décousue, le rebord de dentelle de sa chemisette, dépassant sur sa gorge, n'était pas net, et ses ongles — pointus et « faits » — gardaient, sous le rose artificiel, un millimètre de noir; c'était à se demander si elle ne croyait pas que le noir aux ongles est une beauté, comme les négresses le croient de leurs « plateaux », ou une précaution d'hygiène, comme la crasse des bébés arabes, que leurs mères entretiennent religieusement, parce qu'elle est un gage de santé. Ceux qui ont l'habitude de se négliger, leurs efforts occasionnels pour être propres laissent toujours échapper quelque petit détail traître. Et c'est le malheur des femmes, que les hommes supportent la négligence chez un homme, mais que chez les femmes elle leur fasse horreur.

Tout ce temps, cependant, Costals lui souriait, et il le faisait naturellement, sans même en avoir conscience. Il lui souriait : 1º parce qu'il y avait en lui une gaieté foncière, qui sortait ainsi, une sorte de vitalité ingénue, semblable à ces courants électriques, couleur d'azur, et qui peuvent foudroyer; 2º parce qu'il lui savait gré du plaisir qu'il allait avoir en la faisant souffrir; et 3º parce qu'elle ne laissait pas de lui être sympathique. (A travers tous leurs débats, elle n'avait jamais cessé de lui être sympathique, et c'était sans doute une des raisons pour lesquelles il l'avait tourmentée.)

Quand il l'eut bien regardée, Costals déplaça un vase à fleurs posé sur la table, de façon que son visage en fût caché aux regards de celle qui l'aimait. Elle poussa sa chaise de côté, pour le revoir. Il déplaça de nouveau le vase.

— Pourquoi ne voulez-vous pas que je vous voie?

— Pour vous ennuyer, dit-il, avec enjouement. Mais, allons, je serai gentil. — Il écarta le vase.

— N'est-ce pas, j'ai été bien bête avec vous? dit Andrée. Si les hommes savaient comme les femmes peuvent être bêtes, ils les plaindraient au lieu de les déchirer.

— Les femmes ne cessent de réclamer jusqu'à ce qu'on leur ait donné quelque chose. Mais on peut leur donner n'importe quoi. Par exemple, cette pitié. D'ailleurs les hommes vous la donnent, mais sans s'en rendre compte. Ils appellent amour leur pitié. En gros, ce qui relie l'homme à la femme, c'est la pitié beaucoup plus que l'amour. Comment ne plaindrait-on pas une femme, quand on voit ce que c'est? On ne plaint pas un vieillard : il est au terme de sa courbe, il a eu son heure. On ne plaint pas un enfant : son impuissance est d'un instant, tout l'avenir lui appartient. Mais une femme, qui est parvenue à son maximum, au point suprême de son développement, et qui est ça! Jamais la femme ne se fût imaginée l'égale de l'homme, si l'homme ne lui avait dit qu'elle l'était, par « gentillesse ».

— Quelquefois, paraît-il, cette pitié se change en désir.

— Bien entendu. Tout se change en tout. Ce qu'on appelle « amour », « haine », « indifférence », « pitié », ce ne sont que certains moments d'un même sentiment. Et, que la pitié ne soit jamais qu'un moment de quelque chose, Dieu merci. Elle nous annihilerait. Il faudrait n'échapper à la servitude de l'amour, que pour tomber dans la servitude de la pitié! On fait faire n'importe quoi aux gens, en excitant leur pitié. Savez-vous qu'ils en meurent? Savez-vous qu'on peut mourir de sa pitié? Aussi tout ce qui a été fait par pitié tourne-t-il mal, sauf peut-être ce qui a été fait par pitié pour la supériorité, mais cette pitié-là ne court pas les rues. La moitié des mariages maudits sont des mariages où l'un des deux a épousé par pitié. A la guerre, quand j'étais blessé, les civils dans les gares, plus ils me plaignaient, plus je les méprisais. Je sentais que leur pitié les mettait tellement à ma merci! J'aurais pu leur faire signer des chèques, détourner leurs filles, tout ce que j'aurais voulu, et cela sans mérite, sans avoir joué le jeu. C'était répugnant. Cependant il y a là un parti à prendre, et il me semble qu'aujourd'hui, si je convoitais d'autres biens de ce monde que ceux que j'ai, j'aurais moins de goût à les acquérir en exploitant la bêtise ou la vanité ou la cupidité de mes semblables, qu'en exploitant leur pitié.

Par la fenêtre ouverte, un papillon entra et (négligeant Andrée) fit son vol autour de Costals, comme s'il désirait d'être caressé. Mais il n'est pas facile de caresser un papillon.

— Je commence à comprendre, dit Andrée lentement. Vous n'avez jamais eu pour moi que de la pitié. Vous n'avez jamais pour les femmes que du désir, de l'agacement et de la pitié, — pas d'amour. Vous vous arrogez le droit d'avoir de la pitié pour les femmes! Savez-vous que vous êtes ridiculement XIXe siècle? Les femmes « malheureuses »! Michelet! Ah non! pas votre pitié! Assez de pavés de l'ours! N'en jetez plus! Les femmes n'ont pas besoin de votre pitié. C'est vous qui êtes à plaindre.

— Pourquoi? Parce que je ne vous aime pas?

— Parce que vous n'aimez personne. Vous n'avez pas de femme, pas d'enfant, pas de foyer, pas de but dans la vie, pas de foi. Et on dirait que c'est parce que vous en avez honte que vous venez vous serrer contre ceux qui aiment — que vous les rappelez auprès de vous, — comme si vous étiez des leurs. Et vous n'en êtes pas, non! non! Un lépreux, voilà ce que vous êtes.

— Oui, c'est bien ce que je vous disais : parce que je ne vous aime pas. Enfin, Andrée Hacquebaut, regardez-moi sans rire : est-ce que j'ai la tête d'un homme malheureux?

— C'est un masque, une grimace.

— La grimace des littérateurs est de vouloir passer pour malheureux. Ils se font tous la tête de Pascal. « L'inquiétude pascalienne de M. Tartempion. » Deux recettes sûres pour entrer à l'Académie : un livre sur Racine, et un livre sur Pascal.

— Vous me l'avez avoué, vous ne vous souvenez pas? « Je mens toujours. »

— Je me souviens très bien. Je vous ai dit cela pour vous donner une idée fausse de moi. Et d'ailleurs, ce que je vous dis et rien! C'est dans leur œuvre qu'il faut chercher les hommes de mon espèce; non dans ce qu'ils racontent.

— Il n'y a qu'à voir votre photo dans *la Vie des Lettres* de cette semaine pour savoir que vous n'êtes pas heureux.

— Il n'y a qu'à voir ma photo dans *la Vie des Lettres* de cette semaine pour savoir que le photographe de *la Vie des Lettres* m'avait dérangé et m'embêtait. Allons, ma chère, vous êtes en plein dans la réaction 227 *bis*.

— Je ne tiens pas à savoir ce qu'est la réaction 227 *bis*. Comme ça doit être encore quelque chose de désagréable... — Qu'est-ce que vous avez voulu dire?

— Vous allez voir, c'est très gentil. Vous savez sans doute que, sous un choc donné, toutes les femmes réagissent de la même façon. Il n'y a pas de mystère chez les femmes. Les hommes leur ont fait croire qu'il y avait en elles du mystère, à la fois par galanterie, et pour les amorcer, parce qu'ils les désirent. Et les femmes, bien entendu, ont marché, et même en ont remis. Cela se passe toujours ainsi : au premier abord, une assemblée de femmes, comme on les voit dire toutes les mêmes choses, rire toutes des mêmes choses, etc., on a le sentiment qu'elles forment une matière interchangeable. Puis, si on fait connaissance de l'une d'elles, avec des sentiments un peu vifs, elle vous apparaît très différente des autres, les autres ne vous apprennent rien sur elle, elle est pour vous une énigme, et reste telle tant que vous ne l'avez pas conquise; car c'est le désir qui faisait croire tout cela. Une fois conquise, bientôt elle vous apparaît de nouveau semblable aux autres. On voit qu'en réalité toutes les réactions des femmes sont automatiques, peuvent être prévues d'avance; elles peuvent être classées, et c'est ce que j'ai fait : je leur ai donné des numéros d'ordre. La réaction 227 *bis* est la réaction, toute classique, par laquelle une femme, parce qu'elle est malheureuse, veut convaincre l'homme qu'elle aime que lui aussi il est malheureux. Non seulement parce qu'elle veut le consoler, être « maternelle », mais parce qu'elle est exaspérée de voir que l'homme est heureux, et heureux sans tirer son bonheur d'elle. D'ailleurs les hommes, eux aussi, ont souvent la réaction 227 *bis*, mais chez eux elle ne naît que de l'envie. Enfin presque tous les catholiques, hommes ou femmes, ont eux aussi cette réaction : vouloir prouver aux mécréants qu'ils sont désespérés. Dans cet ordre, la réaction porte alors le numéro 79 CC. CC veut dire « catholique-croyant », par opposition aux catholiques qui ne croient pas.

— Je ne sais ce que les femmes vous ont fait pour que vous en parliez ainsi. Elles ont dû vous faire rudement souffrir. Ah oui! c'est vrai, il ne faut pas dire ça! C'est la réaction 227 *bis!* Allez, un jour, vous serez débarrassé des femmes. J'ai souvent songé à comment vous serez quand vous serez vieux. Eh bien, vous ne serez pas beau. Je

pourrais dire quelles seront vos rides : j'en vois
déjà les premières traces, comme les légers coups
de crayon par quoi débute l'esquisse d'un peintre.
C'est vrai, vous avez au front des rides que vous
n'aviez pas il y a trois mois...

Il se mit à rire, charmé de sa naïve effronterie,
et se sentant un peu attiré vers elle. Il hésitait
lequel mettre en action, des différents lui-même.
Après tout, il aurait bien « pris » Andrée, si
Solange n'avait été là. « Elle a une nuque qui
n'est pas si mal. Mais est-ce assez? *L'envers vaut
l'endroit*, disent les petits tailleurs. Quand même! »
Pour la première fois il avait une sorte d'envie
d'elle, peut-être surtout à cause de ses cernes.
Peut-être aussi parce qu'elle le dégoûtait : « les
charmes de l'horreur n'enivrent que les forts ».
Il voyait, sur la table, une mouche rester immobile depuis trois minutes sur la cendre et les bouts
de mégots du cendrier avec apparemment autant
de jouissance que sur de la confiture, si saoule de
cendre qu'on eût pu la saisir avec les doigts :
ainsi pour lui-même, tout cela était égal. Ce
croc-en-jambe donné à tous ses sentiments et à
toute sa politique à l'égard de la jeune fille, depuis
cinq ans, ç'aurait été drôle. Il ne la haïssait pas,
elle lui était indifférente, avec une nuance de sympathie, et de cette indifférence pouvait sortir
n'importe quoi. Il lui était égal de la rendre folle
de joie : pourquoi pas? Elle l'avait bien mérité.
Il lui était égal de la rendre folle de douleur :
elle l'avait bien mérité. Il était aussi raisonnable
de la faire souffrir, pour compenser tout le bien
injustifié qu'il lui avait fait, que de la rendre
heureuse, pour compenser tout le mal injustifié

qu'il lui avait fait. Et enfin, était-il besoin de faire quelque chose de raisonnable? Tout lui était facile, et à l'instant même, comme tout lui était facile, et à l'instant, quand il était à sa table de travail, devant la page blanche. L'inhumanité de Costals ne venait pas de ce qu'il ne pût ressentir des sentiments humains, mais, au contraire, de ce qu'il pût les ressentir tous indifféremment, à volonté, comme s'il ne fallait pour chacun d'eux que presser le bouton approprié. L'arbitraire sans limite qui régente les vies humaines, les uns cherchent à lutter contre, les autres n'en ont pas même conscience. Costals en avait conscience, et, plutôt que d'en souffrir, il préférait l'adorer. Car tout en lui était gouverné par cette pensée : quand le monde offre tant de motifs de joie, souffrir est le fait d'un imbécile (la souffrance, qui se paye en cette vie, et qui n'est pas payée dans l'autre). Après avoir souffert quelques années du déclin de la France, il s'était décidé à aimer ce déclin, meilleure façon de n'en pas souffrir (le patriotisme, n'étant pas un sentiment inné, peut se perdre comme il s'acquiert). Il avait agi de même avec l'injustice sociale, et, généralement parlant, avec toute l'existence du mal. « Si je devais souffrir du mal, ma vie serait un supplice, donc une sottise. Alors, aimons-le, lui aussi. »

Il balança quelques instants s'il ne donnerait pas à la jeune fille un rendez-vous pour le lendemain, où il la satisferait. Mais, le mouvement qu'il avait eu pour elle, le retrouverait-il? Soudain, la phrase ridicule d'Andrée lui revint : « Vous ne savez pas ce que c'est que la volonté d'une femme », et la question à l'instant fut réglée; il y avait à cela toutes les raisons qu'il avait depuis cinq ans de ne pas la prendre, mais il y avait en outre que, avec cette phrase, et d'autres du même genre, elle l'avait buté. Cependant il ne sentait plus en lui ce goût de la torturer : une scène de mélodrame — « chat jouant avec une souris » — le rebutait décidément par son côté facile et vulgaire. Il décida donc d'en finir sans s'attarder.

— Pardonnez-moi cette parenthèse. Il est cinq heures et demie. Je vous préviens qu'à six heures ma propriétaire vient ici. Si vous avez quelque chose de particulier à me dire...

— Mais n'est-ce pas vous, Costals, qui avez quelque chose à me dire?

— Moi? Que vous dire?

Il vit le visage d'Andrée, en une seconde, durcir, devenir semblable au visage que prennent les femmes, tout à l'heure piaffantes avec leurs sauvages colliers, quand le commissaire de police leur notifie qu'il ne peut pas les laisser repartir. Son Génie lui toucha l'épaule : « Ne sois pas méchant! » — « Si, si! Pourquoi non? Puisque je serai bon, tout à l'heure, avec l'autre. » — « Et avec celle-ci? » — « Eh bien, une autre fois. »

— Votre attitude à mon égard est une offense chronique, et il y a des moments où je me demande comment j'ai pu la supporter...

— Moi aussi, je me le suis souvent demandé. Mais ce que les femmes peuvent supporter d'un homme!...

— Bien sûr, quand elles aiment. Et vous, vous ne songez qu'à abuser de votre pouvoir. La vie d'un homme comme vous est affreuse. Monstrueuse.

— Un écrivain digne de ce nom est toujours un monstre.

— Abuser de certains êtres, et frustrer les autres. Jamais dans le rythme des autres. Et tuer sans cesse tout dans l'œuf. Votre vie est une série d'avortements, ceux qu'il y a en vous, et ceux que vous imposez à autrui. Avez-vous oublié ce que vous m'écriviez jadis : « Faire souffrir les femmes, c'est trop facile. Je laisse ça aux gigolos »?

— Ce jadis est très ancien. C'est le temps où vous m'écriviez vous-même : « Une jeune fille ne se lasse jamais la première de l'amour platonique. » D'ailleurs, vous êtes une fille assez intelligente pour qu'on puisse vous faire souffrir. Vous pouvez jouer avec votre souffrance.

— Non, non, ne croyez pas ça! Je ne suis pas assez intelligente.

— Souffrir quand on aime, n'est-ce pas une façon de bonheur? Et encore : votre souffrance, si elle passait, ne vous manquerait-elle pas?

— Vous en parlez à votre aise!

— Je ne sais pas, ce sont de ces choses que les femmes disent.

Maintenant elle avait peur de lui, une peur d'animal, peur comme on a peur d'un fou avec lequel on est enfermé, et dans le regard duquel on vient de voir une lueur assassine. Et elle cherchait avec désarroi à l'amadouer.

— Ne faites pas le méchant, Costals, je vous en prie, vous qui ne l'êtes pas naturellement, qui vous forcez pour l'être. (Elle cherchait à le persuader qu'il était bon, comme il y avait d'autres femmes qui cherchaient à le persuader qu'il était

« chrétien malgré lui ».) Mon crime est-il de vous avoir aimé?

— Mais oui.

— Mais non! dit-elle, avec force. Ne vous vengez donc pas de je ne sais quoi, vous qui n'avez pas souffert de moi, quand moi j'ai tant souffert de vous. Mes colères n'étaient que de la souffrance transposée. Je souffrais d'elles comme je souffrais de mes bouderies, — de ces bouderies dont vous ne vous aperceviez même pas! Ne détruisez pas cette lamentable paix si péniblement acquise par trois mois de luttes et de larmes. Je vous ai dit autrefois : « Plutôt que votre silence et mon incertitude, assenez-moi de ces coups qui seuls peuvent me donner la force de vous échapper. » Maintenant je vous dis : « Non, de grâce, ne m'assenez pas de ces coups. » Que perdrai-je de vous, si vous n'êtes même pas bon pour moi?

Costals n'éprouvait nul plaisir à ce qu'elle eût peur de lui. Tout ce qu'il voulait, c'était pouvoir la faire souffrir avec la conscience tranquille. Il lui dit :

— Vous avez reconnu l'autre jour que votre amour n'était pas d'une qualité bien fameuse, puisque vous préfériez votre bonheur au mien. Pour une fois, préférez mon bonheur. Laissez-moi vous faire souffrir. J'aimerai en vous le mal que je vous fais. Ainsi je me retrouverai en vous, et vous aimerai. Vous m'avez donné pendant cinq ans le plaisir de ma résistance, donnez-moi maintenant celui de ma cruauté. Les femmes ne veulent jamais savoir tout ce qu'il entre de mensonge, de calcul, de lassitude, de charité dans l'amour qu'un homme leur témoigne. Avec moi vous le saurez.

Et c'est bon pour vous, ça! Ça vous fait connaître la vie. Voyez-vous, ce qu'il faut, c'est ne pas laisser la vie se figer. La vie est toujours bonne pour quelqu'un de viril.

— Mais qui vous a dit que j'étais virile? Est-ce mon affaire, à moi, d'être virile? Je suis femme, femme, et femme, sapristi!

— Les femmes ont d'ailleurs un moyen sûr de s'empêcher de souffrir.

— Lequel?

— Se regarder dans la glace, quand elles souffrent. Tout de suite elles changeront de figure. Vous avez aussi une autre recette pour faire cesser automatiquement votre souffrance. C'est de vous représenter ce que vous serez dans cinq ans. Vous savez bien que dans cinq ans vous ne m'aimerez plus, et que toute cette histoire vous apparaîtra comme nous apparaissent les nouvelles dans la rubrique « Il y a cent ans » de certains journaux : une risible plaisanterie. Une dune accourt, qui recouvre l'autre. Identifiez-vous à l'Andrée Hacquebaut de trente-cinq ans, c'est une affaire d'imagination.

Elle allait répondre — éclater, — mais une sorte de mille-pattes déboucha sur la table, et s'y promena, la canne à la main. Elle avait horreur de ces bêtes.

— Tuez cette affreuse bête!

— Pourquoi? Elle ne m'a rien fait.

— Et moi, vous ai-je fait quelque chose?

Sous un journal, elle écrasa la bestiole. Il lui jeta un regard mauvais.

— Vous me fatiguez beaucoup, mademoiselle Hacquebaut. J'étais l'autre jour dans une cuisine, avec une petite fille qui me rendait heureux. Étant heureux, j'ai souhaité que vous le fussiez vous aussi, et c'est pourquoi je vous ai écrit. Hier, vous êtes venue à neuf heures et demie du soir cogner à ma porte comme un charretier. J'étais avec cette même petite fille : tout avait été combiné pour que je la rende femme ce soir-là. Vous avez démantibulé tout cela. Cependant, puisque vous étiez venue pour moi, j'ai voulu que vous ne l'ayez pas fait en vain, et je vous ai donné ce rendez-vous. Nous aurions eu une heure et demie pleine pour causer gentiment, si vous ne vous étiez pas arrangée pour arriver un quart d'heure en retard. Maintenant, je ne sais pas où vous voulez en venir.

— Que cherchez-vous? Cherchez-vous à m'écœurer jusqu'à ce que je vous laisse tranquille? Alors c'est pour cela que vous m'avez fait revenir! Pour me raconter vos saletés avec une fille de cuisine! D'abord, je l'ai toujours dit, vous ne savez pas aimer dans l'égalité...

— Je n'aime pas dans l'égalité parce que, dans la femme, c'est l'enfant que je cherche. Je ne puis avoir ni désir ni tendresse pour une femme qui ne me rappelle pas l'enfant.

— Avec ça, on finit en correctionnelle comme satyre.

— Le satyrisme n'est que l'exagération de la masculinité.

— Et c'est ça, aussi, votre « bienveillance », cette bienveillance dont vous me parliez dans votre lettre! Cette sorte de guet-apens moral que vous m'avez tendu ici, préparé comme vous préparez tout... Enfin, oui ou non, êtes-vous sorti de votre repos pour m'écrire : « Occasion. A profiter »?

— C'était une plaisanterie.

— Quand Néron vient de se jeter sur un de ses familiers, pour le poignarder, et qu'il l'a raté, il rit, et dit que c'était une plaisanterie.

— Oh, Dieu! Si nous en sommes à Néron! soupira-t-il, excédé, appuyant les doigts sur l'une de ses paupières. Qu'est-ce que vous voulez, ce n'est pas de ma faute si j'aime plaisanter. La vie devient une chose délicieuse, aussitôt qu'on commence à ne plus la prendre au sérieux. Mais vous êtes toutes les mêmes; vous croyez toujours que je ne plaisante pas quand je plaisante, et que je plaisante quand je ne plaisante pas.

— Avouez-le donc, vous vouliez suivre minute par minute l'effet de vos savantes tortures, regarder mes sentiments et mes pensées se débattre en moi comme vous regarderiez s'entre-dévorer des fourmis ou des habitants de la lune, vous tenant prudemment hors du débat, ayant horreur d'y être incorporé. Vous aimez me garder à portée de votre main, comme un chef cannibale son blanc de choix, pour s'en couper de temps en temps une tranche... Ah! elle est belle, votre pitié pour les femmes! Qu'est-ce que ça serait si vous n'en aviez pas! La pitié qu'on a pour le canard au moment où on lui coupe le cou.

— Je reconnais qu'à l'occasion j'ai un peu fait le charlatan avec vous. Mais rien de pareil en ce moment-ci. Tout à l'heure, oui, j'ai voulu vous faire souffrir, et je vous ai même demandé de me le permettre. Mais pas en ce moment. J'ai beaucoup de sympathie pour vous.

Elle vit alors une chose qui lui parut extraordinaire. Elle vit dans les yeux de Costals se former une expression profonde et grave, et ce mot de « fraternel », que jadis elle aimait tant prononcer en pensant à lui, monta à ses lèvres, comme le seul qui pût rendre ce qu'elle ressentait en cet instant-là. Mais rapidement cette expression s'évanouit.

— Croyez-vous que je pourrais être généreux avec vous? lui demanda-t-il, voulant lui donner une fausse espérance.

— Je ne peux plus croire ni en vous ni en rien de ce qui vient de vous. Vous m'avez trop trompée, trop égarée volontairement. Oh! les hommes! Ces gouffres d'horreur et de mystère et d'incohérence en face des femmes qui, elles, même les moins bêtes et les moins aimantes, ne savent qu'aimer, ne savent que passer leur vie à rendre le bien pour le mal!

— Peut-être qu'on ne leur en demande pas tant. Quant à l'incohérence des hommes... Les hommes sont plus incohérents que les femmes, parce qu'ils sont plus intelligents.

— Laissez-moi donc tranquille avec votre intelligence! Je vous dis seulement : si vous avez pour moi la moindre petite goutte de sympathie, comme vous le prétendez, alors, sauvez-moi. Sauvez-moi, Costals. Ce n'est rien pour vous, et pour moi c'est la vie même. Et il faut bien que je vive, enfin!

Elle était à quelques centimètres de lui, et elle avait clos les paupières. Elle demeura ainsi les paupières closes, à la façon de quelqu'un qui attend un coup, — l'air un peu fantôme, avec ses grands yeux caves, et toute brûlante d'abandon. On n'entendait que le petit cliquetis des pattes des moineaux sur la verrière. Ensuite, comme Costals restait silencieux (et bien qu'elle ne l'eût pas vu lever les sourcils quand elle dit : « Il faut bien que je vive », comme s'il pensait : « Est-ce si utile? »), elle s'éloigna de quelques pas, le visage baissé, en prononçant drôlement : « Je vous demande pardon. Il m'est entré une poussière dans l'œil. » Elle se tourna contre le mur, tamponna ses yeux avec son mouchoir, en silence (pas de reniflements). Costals attendit qu'elle eût fini de pleurer, et il lui parut que cela se prolongeait beaucoup. « Il est encore temps, se disait-il. Un mot, et je la rends folle de bonheur. » Mais il ne parla pas, et elle revint vers la table. Alors il fit un pas vers elle. Soudain son regard tomba sur la main droite d'Andrée, et il vit ce qu'il n'avait pas encore vu : tandis que tous ses ongles étaient très longs, taillés en pointe, l'ongle du médius de la main droite était coupé ras. Ses yeux se relevèrent, se portèrent sur les cernes de la jeune fille, et il battit des paupières, sous la bouffée de désir qui montait en lui. Mais il était trop tard.

— Vous vous êtes cassé l'ongle?

— Oh non! dit-elle, ce n'est rien. Et elle ferma vivement le doigt. Sa tête était baissée.

— Allez-vous-en, ma petite. Je crois que nous sommes au bout de ce que nous avions à nous dire.

Il pensa qu'elle était peut-être armée et allait le tuer, ou tout au moins peut-être le gifler, et afin d'être à même de faire dévier son geste, il se rapprocha encore d'elle, exactement comme les toreros modernes se collent au flanc du taureau, afin d'être « à l'intérieur » du coup de corne. Elle releva la tête, parut surprise, et elle le fixait sans bouger, de son regard meurtri. Lui, cependant, il se rendait compte qu'elle ne cherchait pas à le tuer, qu'elle n'en avait même pas l'idée, et il se disait : « Ces Françaises, quand même ! »

— Costals, je ne vous verrai sans doute jamais plus. Je vous demande de répondre à une seule question : est-ce que vous êtes inconscient ?

— Moi, inconscient ? Vous en avez de bonnes. Si j'étais inconscient, je ne serais pas coupable.

— Que signifie cela ? Faut-il comprendre que vous *voulez* être coupable ?

Sans lui répondre, il la prit doucement par le bras, et, ayant ouvert la porte, lui fit faire ainsi les quelques pas qui les séparaient de la porte du jardinet donnant sur l'avenue. (Il y avait devant eux un nuage en forme d'aile.) « Est-ce que je vais la baiser sur le front, avant de la jeter dehors ? » A ce geste il n'y avait pas plus de raisons *pour* que de raisons *contre*. La sonnerie de la porte était dérangée depuis longtemps : en principe, elle ne devait pas sonner lorsque la porte était ouverte de l'intérieur ; en fait, une fois sur deux, elle sonnait. « Si la sonnerie se déclenche, je l'embrasse. » Il ouvrit la porte. Silence. Des pépiements d'oiseaux, tressant un treillis de chants au-dessus de leurs têtes. Elle sortit.

Il ferma la porte. Il eut l'intuition qu'elle allait revenir, frapper, qu'il allait se passer quelque chose. Il n'en fut rien : il n'avait jamais eu de chance avec ses intuitions. Revenu dans l'atelier, il écouta un moment encore, puis monta vers le columbarium.

— Eh bien, ma petite fille, que pensez-vous de tout cela?

Solange était toujours debout dans le colombier, derrière la tenture, dans l'attitude même où elle était demeurée pour tendre l'oreille. Et elle regardait Costals avec des yeux incertains et injectés. Elle avait aussi le sang aux pommettes, comme lorsqu'il rallumait l'électricité, après l'avoir couverte de baisers durant des heures (son visage un peu tuméfié par les baisers), alors qu'il ne l'avait baisée aujourd'hui que trois ou quatre fois, il y avait une heure et demie. Et ses cheveux autour d'elle étaient fous, parce que ce matin-là elle ne les avait pas mouillés.

— Eh bien, redemanda-t-il, que pensez-vous de cette petite scène? Une vraie parade de foire, hé?

— Je voudrais ne l'avoir pas vue. Quand vous m'avez fait lire des lettres de cette femme, j'ai eu pitié d'elle. Mais maintenant que j'ai vu cela, plus aucune pitié.

Quand il lui avait fait lire quelques lettres

d'Andrée, elle avait été choquée de ce qu'elle jugeait de sa part un geste peu délicat, bien qu'il ne lui eût pas révélé le nom de sa correspondante. Elle le lui avait dit. Il avait répliqué : « J'écarte le chapeau. » — « Expliquez-vous. » — « On vous expliquera ça quand vous serez grande [1]. » Maintenant encore elle était choquée, par une obscure solidarité de sexe, qu'il l'eût rendue témoin de l'humiliation de cette sœur. Mais telle était sa confiance, qu'à aucun moment elle ne se demanda : « Sera-t-il ainsi, un jour, avec moi? »

— Cela fait du bien, de vous revoir. De voir une femme qui est toujours dans le domaine des réalités. C'est vrai, vous êtes une des rares femmes que j'aie connues, qui ne soit pas folle. Les littérateurs attirent les folles, comme un bout de viande faisandée attire les mouches. Nous bénéficions de toutes les solitudes, de tous les refoulements : elles en veulent pour leurs rêves! Vous êtes l'exception qui confirme la règle, et je vous aime en tant qu'exception.

— Mais, aussi, pourquoi leur répondez-vous?

1. « Pour en revenir aux manières du comte de Guiche, le secrétaire m'ajouta que, se trouvant un soir au jeu de la Reine, où il y a cercle, les princesses et les duchesses étant assises autour de la Reine, alors que les autres personnes restent debout, le comte sentit que la main d'une dame, son amie, était occupée dans un endroit qu'il convient de taire par modestie et qu'il couvrait avec son chapeau; observant que la dame tournait la tête, il leva malicieusement son chapeau. Tous les assistants s'étant mis à rire et à chuchoter, je vous laisse à penser comment la pauvrette demeura confuse...

« Il faisait chaque jour de pareilles trahisons aux dames, et cependant elles ne cessaient de le rechercher. » — Primi Visconti : *Mémoires de la Cour de Louis XIV.*

— Qu'est-ce que vous voulez! Quand je vois des mouches sur un morceau de viande, je me dis : « Il faut bien que tout le monde mange. »

Il l'avait prise dans ses bras, humait le chaud et frais de son visage, coulait une de ses mains à même son épaule, sous la bretelle de sa combinaison (c'était un terrible casseur de bretelles : il les faisait sauter rien qu'en les regardant), affamé de rentrer enfin dans quelque chose dont il avait le désir, et avec la même fougue que s'il la retrouvait après une longue absence; et c'était vrai qu'il revenait d'un pays lointain, de l'enfer des êtres qui ne lui plaisaient pas. Et on eût dit qu'allaient lui échapper de ces petits jappements étranglés qu'ont les chiens délirants de joie au retour de leur bon ou mauvais maître. Il lui dit :

— Je vous apporte ma méchanceté, toute chaude. Cette méchanceté est ma tendresse pour vous; c'est la même chose. Gentil? Méchant? C'est la même chose. Comme on se désaltère avec une cigarette quand on a soif. L'eau vous rafraîchirait, et la cigarette vous brûle, mais c'est la même chose. Ne cherchez pas à comprendre. Vous avez vu cette fille? Il y en a comme cela plein, plein, en pagaye! Ce sont toutes les femmes que j'ai refusées, parce qu'elles ne me plaisaient pas. Cela ne vaut qu'une noyade à la Carrier. Et c'est d'ailleurs comme cela que ça finit : rrrop... je tire la trappe. Sans image, ce qu'il faudrait maintenant, c'est qu'elle se tue, pour que j'en sois *vraiment* débarrassé. Je vous ai montré cela pour vous montrer ce qui arrive à ce que je n'aime pas. Voilà une fille qui est sortie de rien, qui s'est élevée toute seule, dans les pires conditions, qui est cultivée, sensible, intelligente, pleine de génie, et qui m'aime depuis cinq ans. Si on met en balance ses mérites à mon égard, et les vôtres, les vôtres sont nuls. Seulement je ne l'aime pas. Je ne lui ai jamais rien donné, jamais donné un baiser, jamais tenu la main. Parce que je ne l'aime pas. Vous cependant, vous paraissez, vous me plaisez : je vous donne tout. Mon attention, ma tendresse, ma force sexuelle, mon intelligence. Souvenez-vous de cela, si un jour vous avez à vous plaindre de moi, et sûrement ce jour viendra. Vous avez tout eu sans raison. Aucune raison pour que je vous aie tout donné, à vous plutôt qu'à d'autres, aucune raison pour cette préférence et cette partialité. Où ai-je lu ce vers qui me trotte toujours dans la tête quand je pense à vous?

Je ne sais pas pourquoi je t'ai choisie.

Qu'est-ce que vous êtes? Vous êtes une petite comme les autres, une goutte de rosée sur la prairie. Vous auriez pu avoir toutes les « qualités négatives » du monde, croyez-vous que cela m'aurait arrêté? Il vous fallait plaire, et vous n'y êtes pour rien. Prise presque au hasard. Ainsi va la vie, de hasard en hasard. Pourquoi ceci plutôt que cela? *En réalité*, il n'y a pas de raison, ou celle qu'il y a est si peu de chose! A vous, tout; les autres, zéro. On est là dans une profonde injustice, et c'est pourquoi je m'y complais. Ce n'est pas que je n'aime aussi la justice; je les préfère l'une et l'autre tour à tour. Il fallait que cela vous fût dit. Vous savez d'ailleurs que j'aime vous dire des choses désagréables. Cela fait partie de mon amour pour vous.

Elle écoutait sans trop comprendre, avec un certain ahurissement, bien naturel. Mais elle était d'un milieu où on pensait des écrivains : « C'est un littérateur. Il ne faut donc pas prendre au sérieux ce qu'il dit. » Lui, il était content qu'elle ne répondît pas, car, quoi qu'elle eût répondu, c'eût été sans doute autre chose que sa pensée à lui. Il dit encore :

— Combien de choses ne sont pas vous! L'univers de la connaissance. L'univers de la souffrance. L'univers de la justice. L'univers de la responsabilité. Vous ne les soupçonnez même pas. Et moi je ne les soupçonne que par éclairs. Une fusée s'élève, les illumine un instant, puis ils rentrent dans la nuit. Ma nuit.

« Cependant je m'occupe de vous, je vous donne de ma substance, il m'arrive de vous parler comme si je parlais à un monde inconnu. Combien de ces paroles ont atteint leur but? Que de balles perdues! Ai-je raison? Ai-je tort? Une petite fille. Une petite bourgeoise parisienne de vingt ans. Il y en a qui disent : " Voilà de quoi vous vous occupez! Quand les classes sociales... quand les peuples... quand les empires... Vous n'avez pas honte! " Et d'autres disent : " Cette seule petite âme-là compte autant que l'âme d'un peuple. Toute la souffrance créée dans le monde par la guerre, ne pèse pas plus que ne pèseraient les larmes de cette enfançonne. S'il n'y avait rien d'autre dans votre vie, que de l'avoir traitée avec amour, vous auriez rempli votre rôle humain ici-bas, vous auriez labouré la petite parcelle humaine qui a été dévolue à chacun de nous. " De ces deux opinions, laquelle est la bonne? Question toujours vulgaire et vicieuse. Elles sont bonnes toutes les deux. Il faut entrer dans l'une, et la vider complètement, puis entrer dans l'autre, et la vider de même. Ce ne sont jamais que deux faces d'une vérité. Les personnes qui ont une plume élégante écrivent que la vérité est un diamant; ce qu'on oublie toujours de considérer, c'est sur combien de faces est taillé ce diamant. Et maintenant, silence! Ne me répondez pas. Vous n'avez pas besoin de comprendre, mais je n'ai pas besoin non plus de savoir que vous n'avez pas compris. »

Il alla fermer les volets [1], tira les rideaux, retourna pudiquement, sur la table, la petite feuille d'une agence de coupures de presse qui portait en grosses lettres le *slogan : «* VOIT TOUT ». Son âme fumait encore, comme sous le coup d'un alcool bienfaisant : cette douce liqueur était sa cruauté pour Andrée. Il renversa Solange, tout habillée, sur le lit, où il lui allongea les jambes. Ensuite il ne fut plus qu'un apache qui cherche à immobiliser un homme à terre. D'ordinaire, il n'osait la presser trop fort contre lui, crainte de lui faire mal : elle était si jeune! Pour la première fois il était brutal avec elle, et, bien qu'il le fût par nécessité, parce qu'elle se débattait, il l'était aussi par calcul, voulant lui faire un souvenir extraordinaire. Elle, criant : « Non! Non! » la bouche grande ouverte, roulant sa tête à droite

1. Le columbarium donne sur les jardins d'un couvent (ils sont nombreux dans ce quartier). On entend les cloches; des fenêtres on peut voir les religieuses. L'auteur s'est refusé à tirer parti des contrastes qu'on devine par trop faciles.

et à gauche, et il sentait son souffle, qui n'avait pas l'odeur qu'il lui connaissait, mais une odeur qui venait de plus profond, une odeur que ses cris allaient chercher plus profond. Il ne put lui immobiliser la tête qu'en lui saisissant la langue entre ses dents, et en la serrant quand elle tentait de bouger. Et de tous ses membres il malmenait ce je ne sais quoi qui était Mlle Dandillot, systématiquement. Soudain tout devint facile; il coula dans une sensation nouvelle. Elle ferma les yeux, et cessa de se plaindre. Cependant il se recueillait dans sa sensation, qui d'ailleurs était médiocre; elle ne lui donnait qu'un contentement intellectuel : « Voilà qui est fait. » Et il humait vaguement le visage de cette femme, pareil à un lion qui, déchiquetant la viande qu'il tient entre ses pattes, de temps en temps s'arrête pour la lécher.

Il lui essuya le front, les ailes du nez, divinement moites, avec un des mouchoirs que lui avait brodés Andrée Hacquebaut. La tête de Solange avait glissé entre les deux oreillers, pour y être plus renversée encore, et la longue étendue pâle de son cou et de sa gorge prenait plus d'importance que le visage. Il y avait dans son regard un tel don d'elle-même qu'il lui abaissa les paupières, effrayé. Ses lèvres étaient un peu entr'ouvertes, montrant les dents petites, comme on voit dans les étals des boucheries aux têtes décollées des moutons. Il y a trois sourires qui en quelque chose se ressemblent : celui des morts, celui des femmes heureuses, et celui des bêtes décapitées.

Il la contempla un instant, ainsi, attentivement. Il essayait de la différencier. De voir en quoi elle était autre chose qu'un corps. Autre chose qu'un moyen de son art de caresser. Autre chose qu'un miroir où il s'était regardé jouir.

Il s'étendit à son flanc. Son âme, où volait une pensée déjà triste, partit et se promena dans tout ce qui n'était pas elle. C'était l'antique instant où l'homme dit, comme dans l'Évangile : « Femme, qu'y a-t-il entre vous et moi? » L'antique instant de la pitié pour les femmes. Dehors, le ciel avait dû se couvrir, car la pièce était devenue presque sombre. Il évoqua des femmes sans muscles, à la peau blanche, des femmes infiniment coupables, qu'on tient dans ses bras, à l'heure du crépuscule, au-dessus de la ville où les lumières s'allument, et qui disent : « Une lumière s'allume... », et qu'on garde, qu'on garde, par pitié, en leur faisant croire qu'on les aime, par pitié. Ce souvenir en appela d'autres : toute sa vie s'ouvrit, comme un plumage de paon, et toute cette vie, passé, avenir, était ocellée de visages, comme les ronds d'or sur le plumage des paons. Il eut pitié de cette petite vivante qui était à son côté, le visage dans le creux de son épaule gauche, où tant de visages s'étaient posés (si ce creux avait été une plaque sensible, tous les visages qu'on y aurait vus en surimpression! — et le monstre affreux que formerait enfin le visage composé de tous ces visages...) Pitié d'elle, de la voir s'aventurer ainsi dans des mains telles que les siennes (et cependant, la moindre petite ruse ou seulement précaution qu'il eût décelé en elle, contre lui, il lui en eût fait grief). Pitié d'elle, de ne l'aimer pas davantage, de ne trouver pas davantage de raisons de l'aimer, — et qu'elle ne fût pour lui qu'une parmi d'autres, alors qu'il était le seul pour elle, — et de ce qu'elle

ui donnait, quand il ne pouvait pas
aimer. Il pensa : « La jeunesse se passe à
des êtres qu'on ne peut posséder que mal
(par timidité), et l'âge mûr à posséder des êtres
qu'on ne peut aimer que mal (par satiété). »

Un de ses bras était passé sous la tête de Solange,
mais son visage et son corps étaient détournés
d'elle. Il y eut un instant où il la trahit en lui-
même si cruellement, qu'il étendit la main et
chercha la sienne, pour la réconforter, comme
si elle avait dû deviner ce qui se passait en lui
(il y avait aussi que, maintenant qu'il n'attendait
plus rien de Solange, il sentait le besoin de redou-
bler de gentillesse avec elle, comme pour lutter
contre le temps d'arrêt que marquait son amour).
Elle se tourna et, sans mot dire, le baisa sur la
joue : malgré ce qui s'était passé, c'étaient toujours ses mêmes baisers d'enfant; elle était sortie
de son immobilité pour le faire, comme une vague
solitaire se soulève au-dessus d'une mer plane.
Un cri lui jaillit du cœur : « Elle peut souffrir de
moi, et moi je ne le peux pas d'elle. Je l'aime,
mais elle n'a pas le pouvoir de me faire souffrir.
Il faut cesser ce jeu, cette inégalité abominable,
et au détriment du plus faible! » Une voix s'éleva :
« Tu dis que tu l'aimes, et tu ne peux souffrir d'elle.
C'est donc que tu ne l'aimes pas. » Et lui : « Toujours cette rage de me confondre avec les autres!
Je l'aime et je ne puis souffrir d'elle, parce que
je ne suis pas semblable aux autres. On ne me fait
pas souffrir comme ça. » Une passion de vérité,
qui était toute lumière, ou qui était trouble, qui
était sa gloire, ou qui était un vice, le saisit (ce
qu'une de ses amies avait appelé sa « loyauté-

catastrophe »); il eut envie de lui dire : « Ma petite chérie, ma petite chérie, il vaut mieux que je vous prévienne : je ne vous aime pas assez. Il faudra que vous passiez la main, vous aussi. Un jour je ne me souviendrai même plus de votre visage. Je suis de la race vagabonde des hommes. Un jour j'en aimerai d'autres, de nouvelles! Peut-être est-ce déjà fait! (ce n'était pas vrai). Peut-être que je ne t'aime déjà plus... Peut-être qu'à aucun moment je ne t'ai aimée, mon enfant chérie... » Mais il savait qu'elle était comme les autres, qu'elle aussi, tout de même que les puissants de ce monde, elle vivait, se nourrissait presque exclusivement de mensonges, qu'elle mourrait bientôt si on ne lui mentait pas, que d'ailleurs la Vérité est, *ipso facto*, répréhensible et passible des règlements de police, puisqu'elle se promène nue, comme on sait. Il se tut, mais serra plus fort sa main. « Ce qu'il faut, c'est qu'elle soit contente. » Elle, le visage blotti dans son cou, elle eut un roucoulement dont il serait faible de dire qu'il était comme un roucoulement de tourterelle : il était le roucoulement même de la tourterelle. Il lui demanda ce que signifiait ce roucoulement. Elle répondit : « Ça signifie que je suis bien... » Toujours sa voix sombrée, comme si c'était une autre elle-même, le fantôme de la petite fille qu'elle avait été un jour, qui parlait du fond de sa conscience, où ce fantôme était tombé.

Alors il se souvint qu'il y avait eu des êtres auprès de qui, ainsi étendu après l'acte, il n'avait pas eu ce mouvement de fuite. Des êtres auprès de qui, dans cet instant-là, il s'était dit : « Je mourrais bien, comme cela. Maintenant cela me

serait égal de mourir, comme cela. » Mais auprès
de Solange il ne se le disait pas; non, il ne se disait
pas qu'il avait envie de mourir.

« Ce qu'il faut, c'est qu'elle soit contente. »
De nouveau, sa lucidité mit à nu ce qu'il y avait
sous cette petite phrase. Et il vit que cela ne
différait guère de ce qu'il avait ressenti pour
beaucoup, beaucoup de personnes, et les plus
diverses (et peu importe comment est un être
avec ceux qu'il aime; c'est avec les autres qu'il
faut le voir). Il se souvint de son émotion en
lisant, dans *les Gaietés de l'escadron*, les paroles de
cette vieille baderne de capitaine Hurluret, quand
on lui fend l'oreille. Il dit à peu près : « J'ai quarante ans de service. Eh bien! ce qui compte
là-dedans, ce sont les types que j'ai empêchés
de faire des bêtises, à qui j'ai épargné des puni-
tions, à qui leur temps de caserne a été un peu
plus doux grâce à moi. Et s'il y en a qui plus tard,
en se souvenant de leur capitaine, disent : " Quand
même, c'était " un bon bougre ", j'aurai été bien
payé. » Ayant lu cela, Costals avait relevé la tête;
cela allait très profond en lui, et il songeait : « Je
suis un type dans le genre d'Hurluret. Naturellement, il y a en moi autre chose. Mais je suis aussi
Hurluret. » Et maintenant il voyait que ce qu'il
y avait sous sa petite phrase à propos de Solange,
et son désir « qu'elle soit contente », cela ne différait guère de ce qu'il ressentait au front pour ses
hommes : « Est-ce que les hommes sont contents?
Est-ce qu'il y a quelque chose qui ne va pas? »
— à la maison pour les domestiques, se gênant
sans cesse afin de leur permettre leur part d'agrément sur cette terre, — aux colonies pour l'indi-

gène embauché, se levant la nuit et lui ajoutant une couverture, parce qu'il l'avait entendu tousser dans son sommeil, — pour l'errant à demi inconnu, recueilli sous son toit, son hôte, avec lequel il se solidarisait par cette seule hospitalité, et pour tout ce peuple d'hommes et de femmes de rencontre à qui il avait davantage donné que n'importe quel homme à sa place ne l'eût fait, — donné sans « principes », ne croyant pas que le bien fût préférable au mal, — donné même sans idées arrêtées sur le monde, ayant fini par comprendre que rien ne tient dans une définition, que « le peuple » n'est pas ceci ou cela, que « les indigènes », ni « les femmes », ni « les Français », ne sont pas ceci ou cela, que tout est dans tout, que les bons sont mauvais aussi, et que les mauvais sont bons aussi, — donné enfin sans pensée aucune que cela lui fût compté quelque part, ni dans le cœur de ces hommes et de ces femmes, qui l'avaient promptement oublié, ni devant l'opinion qui ignorait ses actes, ni devant les tribunaux humains où la canaille rend l'injustice, ni devant un Tribunal suprême auquel il ne croyait pas, et dont tout ce qu'il pouvait dire était que, s'il existait, et s'il y était accusé un jour (comme il devait l'être, car il avait toujours vécu sans s'occuper des lois), il y aurait des centaines d'êtres qui viendraient y témoigner pour lui. Et il vit donc que, là aussi, Solange Dandillot était une dans la foule, et il la plaignit d'être si peu isolée.

Il resta là, ne pensant plus à elle. « A quoi pensez-vous? » demanda-t-elle, un peu inquiète de cette silencieuse rêverie. « A vous. » Un léger, très léger et subtil filet d'ennui se glissa dans sa conscience. Puis il se dit : « Je mettrai un jour dans un de mes livres cette image de ses dents, comme celles d'un mouton décapité. Je *me sers* d'elle! » A cette pensée qu'il *utilisait* Solange, sa gorge se noua, comme s'il allait pleurer. Mais soudain une autre pensée, alerte, jaillit de lui comme un dauphin hors d'une mer étale : « On me l'a assez répété, que j'étais coupable, et même " criminel ", en ne prenant pas une jeune fille qui s'offrait! O nature, ô société, ô opinion, êtes-vous contents cette fois? Eh bien! parions que ce n'est pas encore ça. » Cette pensée, en l'amusant, l'encouragea à dire des paroles qui lui coûtaient. Il dressa le buste, se pencha sur elle, lui sourit :

— Alors, ma petite Dandillot, vous voilà donc ma maîtresse! Vous voyez comme les choses se font... Maintenant, si vous pouvez vous détacher de moi, je vous paie des guignes.

Elle fronça un peu les sourcils. Il lui lissa ce froncement, avec le pouce, entre les sourcils.

— Vous avez dit « non » en le faisant : votre honneur est donc sauf. — Autre chose, moins agréable. Savez-vous ce que fait une femme qui...

Il lui dit des mots de pharmacie, à voix basse. Il aurait voulu que la chambre fût plus sombre encore, eût l'obscurité de la nuit. Plusieurs fois il lui répéta : « J'ai honte de devoir vous dire ces choses... » Ce n'était pas de ces choses, ni de devoir les dire, qu'il avait honte : il savait bien qu'elles n'avaient rien de honteux, qu'elles étaient au contraire bienfaisantes et par là morales. Mais il avait honte de les avoir déjà dites tant de fois. Enfin elle se leva, sans parler, et disparut dans la pièce voisine.

Il s'assit dans un fauteuil. Du lavabo vinrent les bruits connus des différentes conduites d'eau. « Maintenant elle fait ceci... A présent elle fait cela... » L'identité entre cette minute et des centaines de minutes qu'il avait vécues, lui noya l'âme de mélancolie. « Pour elle, quelque chose de si nouveau, de si surprenant... Et pour moi si usé. » Sa mélancolie eût été moindre s'il avait ressenti tout à l'heure un magnifique plaisir. Mais il s'en fallait de beaucoup; et il avait bien perçu que cet acte n'avait pas causé davantage de plaisir à Solange.

Elle revint, et s'appuyant des mains aux accoudoirs de son fauteuil, elle se pencha sur lui, au-dessus de lui, avec compassion, dans un geste très « femme »; ils étaient comme deux rescapés d'un naufrage jetés côte à côte sur la grève. Mais elle entrait si visiblement dans son trouble que ce trouble en fut dissipé. Il alla s'asseoir sur le divan, la fit asseoir à son côté, et lui dit :

— Oui, tout cela est pénible. Et pourtant, si je vous ai fait voir cette femme tout à l'heure, c'était bien pour les raisons que je vous ai dites, mais c'était aussi pour vous montrer ce que devient une fille qui n'a pas fait le nécessaire quand il fallait. Voyez-vous, il n'y a qu'une façon d'aimer les femmes, c'est d'amour. Il n'y a qu'une façon de leur faire du bien, c'est de les prendre dans ses bras. L'encens a besoin de chaleur pour donner son parfum; elles aussi, pour donner leur parfum, elles ont besoin de cette chaleur-là. Tout le reste, amitié, estime, sympathie intellectuelle, sans amour est un fantôme, et un fantôme cruel, car ce sont les fantômes qui sont cruels : avec les réalités on peut toujours s'arranger. Vous connaissez la parole de saint Paul : « La prudence de la chair est la mort des âmes. » Je connais beaucoup de mauvais ménages qui ne sont tels qu'à cause du « respect » de l'homme pour la femme : une femme doit être traitée comme une maîtresse, et cela non pas par foucades, mais constamment; que cela soit toujours aisé, la question n'est pas là. Cet imbécile de petit contact, sans doute en avez-vous été un peu déçue, tout à l'heure, comme je l'ai été moi-même; mais il faut six mois à une jeune fille française pour apprendre à être troublée convenablement. Une Italienne, une Espagnole, vous la prenez par les épaules, la voilà dans les pommes, quasi; mais une Française a le départ lent, c'est la croix et la bannière pour lui donner du plaisir : j'ai l'habitude de compter six mois de mise au point. Sans doute peut-il naître du mal de ce que je vous aie prise; mais, vous m'aimant, il en naissait tout autant — pour vous — si je ne l'avais pas fait. Enfin vous avez vingt et un ans. Je ne veux pas dire, non, que ce soit l'automne d'une femme, mais enfin, du train où va la vie... Songez qu'au concours mondial de beauté de cette année, la limite d'âge était de vingt-deux ans... Allez, ma belle, laissez faire le temps. Un jour viendra où vous pressentirez de loin mon désir, et où vous l'aimerez. Nous serons accordés ensemble comme deux équipiers qui font une course de quatre mille mètres : l'un et l'autre marchent complices. Nous nous parlerons dans nos silences. Vous voudrez ce que je veux et je voudrai ce que vous voudrez. Alors vous ne voudrez plus l'obscurité quand je vous étreins; vous voudrez le grand jour, pour me voir, et vous me verrez... Qu'est-ce qui me soutiendra quand je serai vieux? Mon œuvre d'écrivain, et le bonheur que j'aurai donné aux femmes durant ma vie. Eh bien! vous serez une de ces femmes-là.

Elle lui caressait les cheveux, puis ses mains se nouèrent en ogive au sommet de sa tête, et elle posa le front sur sa poitrine, si baissée qu'il ne vit plus que ses cheveux, dans un geste de soumission infinie.

Ils sortirent. Un vieux, sur un banc, donnait à manger aux oiseaux; elle fit un détour pour qu'ils ne s'envolent pas. Dans les rues, autour de quelques faces de lumière, coulait le magma répugnant et haineux des êtres qui n'aiment pas ou ne sont pas aimés (sans parler de la laideur célèbre des Parisiens). Et en lui, pour la centième fois, mais toujours aussi jeune, la sensation royale d'être au côté, et tel que le légitime possesseur, d'une femme qui suscite des regards et presque des cris d'admiration. Elle lui disait toujours *vous*, ignorant toutefois le plaisir délicat qu'elle lui causait, en l'autorisant ainsi à lui dire *vous* en retour. Avec son *vous*, Costals contredisait l'intimité de leurs relations; il créait, à côté de l'ordre réel, un autre ordre qui le démentait. Il jouait sur plusieurs registres à la fois, qui était le trait essentiel de sa nature.

Parfois il lui mettait la main sur la taille, une seconde, comme pour s'assurer qu'elle était toujours à côté de lui. Mais bientôt elle passa son bras sous le sien. C'était la seconde fois seulement qu'elle faisait ce geste; la première, elle l'avait fait le soir de leur grand malentendu. Les deux fois, c'était après l'avoir vu peiné : il en fut touché. Bientôt cependant il en ressentit de la gêne. En effet, depuis toujours, depuis la première fois que, à dix-neuf ans, il était sorti avec une femme aimée, il s'était obstinément refusé à se mettre au pas de ses compagnes; cela lui paraissait ridicule, et diminuant pour un homme. Ils marchèrent donc en cahotant durant une cinquantaine de mètres, et c'était un dur symbole, qu'un homme ne pût plus marcher droit, parce que la femme qui l'aimait, et qu'il aimait, était à son bras. Enfin ce fut elle qui, « avalant » un pas, comme fait un soldat dans une troupe qui défile, se mit au rythme de son ami. Il le remarqua, et le trouva bon. Et bientôt cependant ce ne lui fut pas assez. Ce poids à son bras lui semblait une chaîne. Dans ce geste par lequel, la pauvre petite, elle avait cru se rapprocher de lui, elle ne lui avait fait sentir que l'impatience et le mépris d'être deux. Il profita d'un embarras de voitures, tandis qu'ils traversaient, pour se détacher d'elle discrètement. Et alors, redevenu libre, il eut un grand élan de tendresse vers elle.

Elle dînait chez des amis dans le centre. Ils passèrent devant des affiches d'agences de voyages représentant des mouquères (à l'usage des touristes français), des petits cireurs (à l'usage des touristes anglais), tous les symboles de cette invention diabolique des hommes, et qui, en contretemps, en fatigue, en dangers, en temps perdu, en usure nerveuse, n'a d'égale que la guerre : le voyage (avec cette différence que le voyage vous coûte les yeux de la tête, tandis qu'à la guerre, au moins, on est payé). Costals eut moins le désir précis d'avoir le mal de mer en compagnie de Solange que celui de faire pour elle une glorieuse dépense qui, à présent qu'elle s'était donnée, n'aurait plus l'air de vouloir l'acheter (ce sentiment comportait de la délicatesse dans de la vulgarité, comme il arrive si aisément lorsqu'il s'agit d'argent) : il sentait les billets palpiter dans son portefeuille comme des pur-sang derrière le starting-gate. Il lui dit :

— Ma vieille, j'aime gaspiller l'argent pour les femmes; cela fait partie de l'honneur de ma vie. Quand je serai vieux et misérable, n'ayant plus pour vivre qu'une pension de huit cents francs par an que me fera la Société des Gens de Lettres, et le produit de la souscription ouverte pour moi dans *le Figaro*, je rêve que tout l'argent que j'aurai dépensé pour les êtres que j'aimais se reconstituera quelque part, sous une forme tangible, et que je m'en irai content de ce que j'ai fait, les yeux fixés sur cette montagne d'or, — d'un or que, sans vouloir vous choquer, j'appellerai *l'or du rein*. C'est vous dire que je supporte mal d'avoir si peu dépensé pour vous quand je sors avec vous. J'ai l'impression de sortir avec une femme honnête, et c'est une sensation qui m'est pénible. (Depuis quand cette pointe d'impertinence avec elle? N'était-ce pas depuis que... O tristes mâles, même les meilleurs!) Écoutez, il y a là des assignats qui sont faits pour être changés en bonheur; et je m'y entends, car, je ne le cache pas, j'ai su me servir de la Création. Voulez-vous m'accompagner quelque part pendant deux mois? Je dis « deux mois », parce que c'est à peu près le temps qu'il faut pour user un bel amour, mais ça pourrait être plus longtemps, jusqu'à ce qu'un de nous deux en ait assez. (« Un de nous deux » était un joli euphémisme. Il savait bien que c'était toujours lui qui rompait le premier.) Où vous voudrez. En Perse. Ou en Égypte. Ou en Transylvanie. Ou en Pennsylvanie. Ou sur le mont Ararat. Ce ne sont pas des mots, vous n'avez qu'à dire un nom, et en route. Dans ma vie, comme dans mon art, je peux tout : le difficile est d'avoir envie de quelque chose, mais cette fois je crois bien que j'ai envie. Et alors, ça va, parce que j'aime mes désirs. J'ai cru comprendre que Dieu vous a donné des parents qui veulent avant tout votre bonheur. Vous reviendrez nantie de deux mois de bonheur : avec ça on met la main sur l'avenir. Vous serez alors dans des conditions excellentes pour vous marier. Vous n'êtes plus vierge, bien que, par une de ces licences de langage qui sont permises aux grands écrivains, je veuille continuer de vous appeler une jeune fille, car j'aime tant la jeunesse que je ne me résous pas à employer, quand je n'y suis pas tout à fait forcé, ce mot de « femme » qui fait si vieux et si important; vous n'êtes plus vierge, mais, tels que je connais les hommes, et si vous avez un peu d'esprit, votre mari ne s'en apercevra même pas. D'ailleurs, s'il s'en aperçoit, il ne soufflera mot : nous ne sommes pas des sauvages, en France! Ensuite, ou bien il vous rendra heureuse, et vous ne me regretterez pas : c'est ce que je me permets de souhaiter. Ou bien vous serez malheureuse, et alors je ne serai pas loin. Au besoin, on vous fera divorcer, et nous retournerons sur ce vieil Ararat. Ce voyage peut, à volonté, ou rester secret en ce qui vous concerne, ou être rendu public. Dans ce dernier cas, il vous ferait honneur éternellement; vous ne vous occupez jamais de votre gloire; il faut qu'on y songe pour vous. Mais on peut le garder très secret; j'ai fait une dizaine de voyages de noces dans ma vie : jamais rien n'en a transpiré. Et je me laisserais envoyer au bagne, plutôt que dévoiler le secret d'une femme que j'ai aimée. Enfin il y a là un projet contre lequel aucune raison, morale, sociale, ou autre, ne peut tenir un seul instant. Naturellement, il se trouvera toujours des gens pour me dire : « Monsieur, vous êtes un être immonde. » A quoi je leur répondrai : « Je ne suis pas du tout un être immonde, je suis un esprit de l'air. Bien sûr, ce n'est pas là votre élément, etc. » Voyez-vous, quand on veut faire plaisir à quelqu'un, il ne faut pas regarder trop loin, s'occuper trop des prolongements. Quand on veut faire plaisir à quelqu'un, c'est comme lorsqu'on veut faire une belle œuvre littéraire, il faut le faire avec une sorte d'insouciance voulue : parce qu'on ne le ferait pas, si on réfléchissait trop...

Un instant, il rêva de voir la beauté du monde avec elle, de la lui découvrir, de ne faire plus qu'un en elle avec cette beauté. Puis sa rêverie se défit, flotta, prit un autre chemin. Un moment vint où il s'aperçut qu'il avait sans doute envie de faire un tel voyage, mais envie de le faire seul. Et c'était vrai que, les beaux lieux du monde où il avait voyagé — aucun d'eux où il n'eût été au moins deux fois, l'une seul, et l'autre avec un être aimé, — lorsqu'il les évoquait aujourd'hui, ou lorsqu'il voulait se servir d'eux comme d'un élément de son art, c'était toujours la fois où il y voyageait seul qui se présentait à son esprit avec le plus de force, d'enchantement et d'efficacité. Car c'est une grande loi, qu'on n'est plus tout à fait un, quand on est deux. Si Dieu a dit : « Malheur à l'homme seul! », c'est parce qu'il avait peur de l'homme seul. Il l'a affaibli par le couple, pour l'avoir à sa merci.

Mais vivement il repoussa les sirènes de la solitude : « Après tout, ce que j'en ferais, ce serait pour elle.

« Faire plaisir à quelqu'un qui en est digne, cela n'est pas rien... »

Sous une porte cochère, il l'entraîna. Il erra un peu au-dessus de son visage, cherchant la place qui lui serait la meilleure pour s'y poser, s'arrêta sur une des paupières, y resta infiniment.

Quand ils furent pour se quitter, il lui dit :

— Vous savez que je mettrai un jour dans un de mes livres une image qui m'est venue, sur vos dents, « comme celles d'un mouton décapité ».

— Quelle horreur!

— Pourtant c'est vrai. Alors, il faut le dire. Mais cela ne vous ennuie pas, que je *me serve* de vous dans mon œuvre?

— Non, au contraire, je suis contente d'être utile à votre œuvre.

— Voilà une excellente parole... Vous n'êtes d'ailleurs pas la première... Enfin, oui, une excellente parole... Comme cela, je pourrai vous aimer davantage encore que je ne vous aime.

Il la regarda d'un bon regard. Mais elle eut alors une expression dans laquelle elle cessa d'être jolie. Et il se dit que, si jamais il se laissait prendre jusqu'au bout, et l'épousait, ce serait encore par pitié. Et il eut peur de sa pitié.

Revenu au studio, et arrangeant un peu le lit, il vit, sur le drap du dessus, deux traînées sanglantes. Il songea que le drap serait donné à la blanchisseuse, alors que quinze ans plus tôt il l'eût conservé tel quel, comme souvenir. Son cœur se serra : il jugea une fois de plus qu'il ne lui donnait pas assez. Comme pour faire une compensation, s'étant couché, il reconnut l'endroit du drap où était le sang de Mlle Dandillot, et le plaça au-dessus de son cœur. Il s'endormit, se sentant comme protégé par l'affection qu'il avait pour elle.

Les jours qui suivirent, Costals attendit un signe de vie d'Andrée : lettre, ou pneumatique, ou visite... Concierges, domestique, tout le monde fut alerté — un peu ridiculement — pour lui barrer passage. Ah! s'il avait pu la faire déporter dans l'île des Chiens, près de Constantinople, ou dans quelque bled analogue! Mais rien ne vint. « Peut-être s'est-elle tuée. » Cette pensée lui donnait une satisfaction profonde.

C'est une manie propre à presque toute jeune fille, que vouloir montrer ses parents à l'homme qu'elle aime, même si ses parents sont de purs idiots, qui à coup sûr vont le dégoûter d'elle. Costals fut invité à déjeuner chez les Dandillot.

L'apparition de la famille amenait toujours en lui trois réflexes. Effroi de l'Hippogriffe menaçant : « Je les vois venir! » Sentiment du ridicule, le ridicule étant inhérent pour lui à l'idée de famille. Hargne, car il ne pouvait que détester les parents, qui représentaient l'ennemi possible. Ces réflexes le mirent cette fois dans un état d'excitation où entrait pour beaucoup la pensée du risque, de l'épreuve à surmonter.

Solange avait voulu l'allécher en lui disant : « Vous verrez, mes parents sont très sympathiques. » — « Mais sympathiques à qui? pensait-il. A elle? Peu m'importe. A moi? Qu'en sait-elle? » Il songeait à ces gens qui vous annoncent sur leurs *cartons*, pour vous encourager, ce qu'on pourra manger chez eux : « Thé. Porto. » (Grossièreté de la politesse européenne, comparée à celle des *sauvages :* Chinois, Arabes, etc.)

Mme Dandillot évoquait, par la taille, un cheval, et par l'habitus, un gendarme; mettons, pour tout concilier, qu'elle évoquait un cheval de gendarme. Elle avait une tête de plus que son mari et que Costals. Avec effroi, Costals reconnut en elle la caricature de sa fille. Le même nez, mais déformé, les mêmes lèvres, mais décolorées, le même regard, mais alourdi. Si cela n'était pas terrible, parce que c'était dans la nature, c'était impressionnant. « A cinquante ans, ma maîtresse sera cette horreur. Et déjà, dans quinze ans, une dondon. Avertissement du ciel : il n'y a pas une seconde à perdre. » Il fut ulcéré en pensant que Mme Dandillot était au courant de leur liaison, que peut-être, en certaines circonstances, elle avait dicté à Solange sa conduite. La pensée que Solange ne savait pas mentir l'accablait, comme une journée trop lourde.

M. Dandillot, au contraire, à la noblesse de son visage, jamais on ne l'aurait pris pour un Français. La face rasée, une chevelure touffue de jeune homme, presque blanche : un peu cet air du « bon docteur », tel qu'il apparaît dans les réclames de produits médicaux. Son sourire, qui était charmant, montrait des dents éclatantes et intactes. Mais tous les traits étaient tirés par la souffrance : l'homme était marqué. A table, M. Dandillot ne prononça que quelques paroles de politesse.

Rien n'est plus révélateur que la demeure d'un individu, on l'a dit bien souvent. L'intérieur des Dandillot dénotait une absence de goût rare malgré tout dans leur milieu social, et à Paris.

Quelques objets assez beaux voisinaient avec des ordures de bazar, et prétentieuses, encore; aucune excuse dans leur état : tout cela était plutôt cossu. Costals eût compris qu'un célibataire voué à une grande tâche s'accommodât d'un tel logis, par indifférence aux choses extérieures, et dédain pour elles. Mais une famille « séculière »! et cette fille ravissante! Que Solange n'eût pas forcé les siens à avoir un foyer décent, qu'elle supportât ce décor obscène, cela lui parut une lourde charge contre elle : impossible qu'il n'y eût pas en elle quelque chose de mauvaise qualité, qui se trouvât à l'aise dans cette mauvaise qualité de tout ce qui l'entourait. Et il lui paraissait également grave qu'elle n'eût pas hésité à le lui montrer, qu'elle ne soupçonnât pas le malaise qu'il en ressentait, ni ce qu'il en tirait contre elle.

Mme Dandillot dit que sa fille n'avait jamais été malade (« Elle commence à faire l'article »), qu'elle n'aimait ni les parfums ni les bijoux, et comme Costals disait qu'il ne les aimait pas davantage, elle minauda : « Cela vous fait un point de plus de commun. » (« Elle nous traite déjà en fiancés. La peste soit...! ») Elle fit aussi l'article pour son mari, afin sans doute que Costals ne crût pas qu'elle avait épousé un cadavre. M. Dandillot, à l'en croire, avait fondé quasiment le sport français. Il avait dirigé des sociétés sportives, encouragé les jeunes, été un « homme d'action ». Costals refoulait tout ce qu'il aurait voulu répondre : que l'action est une gale : on se gratte et c'est tout; que la seule action digne de ce nom est intérieure; que tout homme d'action, quand on le pousse un peu là-dessus, en arrive à ne plus savoir que dire, tant l'action est indéfendable, etc.

Solange, sans mot dire, gardait les yeux baissés sur son assiette. Elle était gênée au possible, de voir Costals au milieu des siens. Sa gêne lui durcissait le visage, lui donnait l'air sournois et méchant. Vie de famille, voilà bien de tes coups! A cet ange de douceur tu parviens à donner un air de femme fatale. Qui verrait Solange, en ce moment, pour la première fois, serait bien forcé de se dire : « C'est une rosse finie. Gare! »

Costals et Mme Dandillot parlèrent le néant durant une heure. Afin d'être sûre de plaire à l'écrivain, et aussi de ne pas dire de bêtises, Mme Dandillot répétait, après un laps de temps convenable, cela même qu'avait dit Costals. Si Costals disait, aux hors-d'œuvre : « Le journalisme n'empêche nullement un écrivain véritable de faire son œuvre », Mme Dandillot, au café, proclamait avec un air entendu, et comme si c'était une vérité dont il fallait convaincre Costals : « Vous savez, on peut très bien faire une œuvre littéraire, et écrire dans les journaux. » Costals se sentait de plus en plus ridicule. L'idée qu'il était là en tant que fiancé possible était si diminuante pour lui! Un fiancé! Un « gendre »! Tout fier-à-bras qu'il fût, il n'arrivait pas à secouer ce sentiment d'humiliation.

Il regardait ces gens, et il les méprisait de garder si mal leur fille. « Soit vanité, soit immoralité, soit manège, soit inconscience, ils l'ont laissée sortir avec un homme comme moi, et il m'est difficile d'admettre qu'ils ignorent que je couche avec elle. Ils croient peut-être que j'épouserai, mais ils n'en savent rien. Une fille qui était faite, de toute évidence, pour être une vraie jeune fille, qui était de la graine de vraie jeune fille, ils ne l'ont pas défendue contre elle-même, les salauds. Pas de religion, pas de tradition, pas d'éducation, pas de respect de soi, aucune armature. Moi, mon rôle est d'attaquer, mais enfin, que la société se défende! Or, si je cherche à conquérir les corps, ou si je cherche à troubler les esprits et les âmes, c'est toujours la même chose : pas de défense! A perpétuité le fromage mou. Je joue mon jeu; eux, ils ne jouent pas le leur. » Dès ce moment, supposant qu'un jour il se laisserait entraîner à épouser Solange, la pensée d'avoir des beaux-parents aussi dépourvus de tenue agissait en lui contre ce projet. Remarquons toutefois que, si les Dandillot avaient été des gens bien élevés, qui n'eussent jamais laissé leur fille sortir seule avec lui, il eût pesté contre eux et contre elle, et l'eût vite rejetée avec un : « Je ne connais rien au monde de plus hideux que la pudeur. » Les méprisant pour être bien élevés, les méprisant pour ne l'être pas, dans cet étau il les tenait, et Solange avec eux. Il refermerait l'étau le jour où il ne l'aimerait plus. La machine était prête.

Après le déjeuner, une « visite » s'annonça. Mme Dandillot et Solange la reçurent au salon. M. Dandillot pria Costals de le suivre dans son bureau. Costals songea : « S'il me dit : " Je vous confie Solange " (sa gorge se serra, d'attendrissement), je répondrai : " Elle sera pour moi comme une petite sœur. " C'est une phrase qui ne promet rien. Car, ma maîtresse, elle est pour moi comme une petite sœur. »

Dans son bureau, M. Dandillot se laissa couler au fond d'un fauteuil bas. Il parut tout petit, comme une mouche qui se recroqueville au moment de mourir. Ses cuisses squelettiques se dessinaient sous le pantalon. Nous ne décrirons pas le bureau, car nous savons que le public, lorsqu'il lit un roman, saute toujours les descriptions.

— Monsieur Costals, dit-il, je ne suis pas ce que vous croyez. Si je n'ai guère parlé, à table, c'est qu'il y a trente et un ans que je prends mes repas avec Mme Dandillot : nous nous sommes dit ce que nous avions à nous dire. J'ai perdu l'habitude de parler, ou ai pris celle de parler seul dans ma chambre. Pour vous, j'ai préféré vous parler en tête à tête, car je voudrais vous parler sérieusement. Cependant, il y a quelque chose qui me chiffonne un peu chez vous : je voudrais vider mon sac à ce propos, avant de parler de moi. Puis-je vous parler avec une franchise absolue?

— Essayez toujours, nous verrons, dit Costals, sentant bien cette fois, sur sa nuque, le souffle fatal de l'Hippogriffe.

— Allons, allons! dit M. Dandillot, souriant, feignant de croire à une plaisanterie. A un homme qui a écrit ce grand bouquin-là (il indiquait un livre de Costals, placé sur une table voisine) on doit une franchise absolue. Voici donc : pourquoi avez-vous ça?

Il désignait la boutonnière rouge de Costals.

— Je n'aime pas me singulariser. Si je l'avais refusée...

Il allait continuer : « ...j'aurais eu l'air d'en faire un plat », mais s'arrêta court, subodorant la gaffe.

— Eh bien, si vous l'aviez refusée? Je voudrais vous montrer quelque chose.

Le père de Solange se leva, prit dans une commode une liasse de papiers, tendit à Costals une coupure de *l'Indépendant de N...*, datée de juillet 1923. Titre : « *Notre concitoyen, Charles Dandillot, refuse la Légion d'honneur.* » Sous un « chapeau » lyrique, ou plutôt lyrico-prudent, on lisait la lettre écrite par M. Dandillot à l'infortuné préposé aux pluies rouges :

> *Monsieur le Ministre,*
> *J'apprends que vous voulez me proposer pour la Légion d'honneur.*
> *J'ai consacré ma vie, dans l'ombre, à la jeunesse française. Je ne l'ai pas fait en vue d'une récompense qu'il faut partager avec n'importe qui.*
> *Par ailleurs, j'ai cinquante-sept ans. Permettez-moi, monsieur le Ministre, d'exprimer un souhait : que le gouvernement, à l'avenir, ait des informateurs un peu plus qualifiés, lorsqu'il s'agira de lui indiquer les hommes qui ont fait quelque chose pour le pays.*
> *Veuillez croire, etc.*

Costals vit là le dépit d'un homme qui n'a pas été décoré à trente ans, et rien de plus. « Comme remerciement à un monsieur qui a eu une pensée gentille, ce n'est pas trop mal tassé. » Que M. Dandillot eût communiqué son chef-d'œuvre à *l'Indépendant de N...*, cela aussi lui parut assez significatif. M. Dandillot lui fit ensuite un laïus sur la « pureté ». Costals connaissait bien ce laïus : il le faisait lui-même à l'occasion. Sa pensée véritable sur les honneurs était qu'ils sont de ces choses qu'Épictète appelle « les choses indifférentes ». Et il était visible, par cette lettre, que les honneurs comptaient beaucoup aux yeux de M. Dandillot.

Pendant que ce dernier cherchait dans le carton, Costals avait jeté sur la couverture de son livre un regard d'auteur : les écrivains lorgnent leur nom imprimé comme les jolies femmes, ou qui se croient telles, lorgnent les miroirs. Et il avait vu que le « grand bouquin » n'avait guère plus d'une dizaine de pages coupées. Il est vrai qu'on peut très bien situer un auteur, pour avoir lu de lui dix pages seulement.

Lorsqu'il eut terminé le laïus « Pureté », M. Dandillot dit :

— Est-ce que Solange vous a averti que j'étais condamné? Cela n'est pas sûr, mais je pense bien que je suis condamné.

— Mlle Dandillot ne m'a rien dit de semblable.

— Je serai mort dans un mois. La fin des illusions!

— Pour moi, la mort sera la fin des réalités.

— Pour moi, la fin des illusions. Je vais mourir à soixante et un ans. Eh bien, pour un homme qui depuis trente ans a vécu selon certains principes de vie naturelle, qui raisonnablement devaient lui donner longue vie et longue jeunesse, c'est un fiasco. Soixante et un ans! C'est l'âge où tout le monde meurt. Or, songez : depuis plus de trente ans, j'ai vécu fenêtres ouvertes, je n'ai jamais pris d'alcool, jamais fumé. Depuis plus de trente ans, vous entendez, jamais une goutte d'eau chaude, ou seulement tiède, n'a touché mon visage ou mon corps, même quand j'étais indisposé.

Depuis plus de trente ans, levé chaque matin à six heures, et ma séance de culture physique, nu. Et il y a un an encore, je campais en montagne, je faisais mes quarante kilomètres dans la journée, sac au dos, comme un jeune homme, la tête découverte au soleil ou à la pluie. D'ailleurs, si mon visage est ridé, mon corps, il n'y a pas plus d'un mois, était celui d'un jeune homme. Maintenant encore, ne croyez pas que j'ai le ventre ballonné, dit-il, indiquant son ventre : je porte une ceinture de flanelle, c'est elle qui fait cette épaisseur; en réalité j'ai la taille très mince. Bref, ma vie a été *naturelle;* vous pesez bien ce mot : *naturelle?* Et tout cela pour mourir à soixante et un ans, c'est-à-dire au seuil de la vieillesse. Et quand des tas de gens, qui ont vécu la vie la plus molle et la plus frelatée, dépassent soixante-dix et quatre-vingts ans. Alors je me dis : ce n'était pas la peine, j'ai été roulé.

Costals trouva que, en effet, ce n'était pas la peine. Il se souvenait du mot de l'Écriture : « J'aurai le même sort que l'insensé. Pourquoi donc ai-je été plus sage? » Il dit :

— L'important est de savoir si, vous priver de tabac, de vin, etc., cela vous coûtait.

— Souvent, oui. Surtout le lever à six heures. Mais je voulais me vaincre. Si j'avais lutté pour gagner mon pain, et le pain de mes enfants, je me dirais : cela n'a pas été perdu. Mais non, j'ai toujours vécu de mes rentes. Si j'ai lutté, c'était contre moi-même, c'était du luxe. Aujourd'hui je me dis : je me suis gêné pour rien. Voyez-vous, monsieur Costals, dans la vie, il ne faut pas être courageux, c'est inutile. Moi, cependant, je suis obligé de continuer. Il faut tenir jusqu'au bout.

Il rejeta sa mèche en arrière, d'une saccade de la tête, avec un geste qu'ont les jeunes garçons, ou les chevaux qui encensent.

— Pourquoi tenir jusqu'au bout?

— Vais-je renier un idéal de trente-deux ans? M'infliger ce démenti? J'en connais qui riraient de trop bon cœur, je veux dire : de trop méchant cœur. J'ai donné aux gens qui m'ont approché l'image d'un certain type d'homme. J'ai le devoir de maintenir cette image jusqu'au bout, même si je me suis trompé. Tenez, mes yeux sont éteints, mon cœur est éteint, mon âme est éteinte. Pour me remonter je sais bien ce qu'il faudrait : du champagne. Mais comment voulez-vous que je demande ça? J'aurais l'air de donner un croc-en-jambe à toute ma vie. Non, je ne déserterai pas.

Quelle déviation de la conscience! pensait Costals. Voilà comment on devient un homme-mensonge, en croyant être « pur ».

— Je vais mourir, poursuivit M. Dandillot, et, si j'y fais la moindre allusion, on me dit que je « me frappe »! Mais chut...

On entendait du bruit, dans la pièce voisine. M. Dandillot dit : « Vous savez, les murs ont des oreilles. » Son expression était celle d'un enfant pris en faute. Quand le bruit eut cessé, il reprit :

— Oui, je vais mourir, et il faut que je rigole! Il faut que je paraisse ignorer que je meurs, pour que les miens puissent s'amuser avec la conscience tranquille. Quand je serai à l'agonie, il faudra que je dise une parole qui me fasse honneur, pour que les miens puissent la répéter dans la famille.

Vous, est-ce que vous ferez un mot historique, quand vous serez à l'agonie?

— J'espère bien garder un peu de tenue dans l'agonie, c'est-à-dire ne pas faire de mots historiques. Si j'étais absolument forcé de dire quelque chose, il me semble que je demanderais pardon au public, pour n'avoir pas mieux exprimé ce que j'avais dans le cœur...

— Vous, vous êtes un homme public, c'est différent. Moi, je croyais avoir droit que la comédie cesse un peu à présent, depuis trente ans qu'elle dure, avoir droit à trois semaines de vie sincère avant de disparaître de ce monde. Tout au contraire, la comédie va battre son plein, elle ne fait que commencer! Hier, le médecin est venu, il devait me faire une intervention douloureuse. Je brûlais de me plaindre, à seule fin qu'on me dise de « réagir » et que je puisse m'écrier : « Réagir? Et pourquoi? Quand je n'ai plus qu'une goutte d'énergie, à force de l'avoir dépensée trop généreusement, il faudrait que j'emploie cette dernière goutte d'énergie à me contrefaire pour vos beaux yeux! Il faut que mon cadavre se mette au pas de parade, et s'y mette avec souffrance, pour que vous soyez contents, pour que vous ne me méprisiez pas? Eh, méprisez-moi donc! Qu'est-ce que cela me fera, au lieu où je vais? » Voilà ce que j'aurais voulu leur crier. Au lieu de cela, j'ai fait le Romain, l'homme de bronze — pas un signe d'appréhension, pas une plainte. Et, tandis qu'ils m'admiraient (du moins je le suppose), c'est moi qui me méprisais pour ce ridicule héroïsme.

— Ainsi, dit Costals, vous vous mentez à vous-même, et cela — qui est toujours très grave — cela, pour l'opinion du monde!

— Ah! l'opinion du monde! Si encore elle m'avait su gré de la leçon que je donnais. Mais on n'a fait que me traiter de maniaque. « Dandillot, qui ne mange pas de conserves parce que ce n'est pas une nourriture naturelle... » — « Enlevez votre foulard quand vous apercevrez Dandillot, sans cela il vous fera une sortie : vous savez bien qu'il casse la glace l'hiver pour se baigner. » Ma femme se moque de moi sans se cacher. Solange affecte de prendre mes idées au sérieux, mais je sais bien que c'est uniquement par gentillesse. Mon fils faisait le contraire de tout ce qu'il savait être mes principes, exprès, pour m'ennuyer. Donc, résultat négatif sur toute la ligne. Non seulement j'ai donné un exemple qui n'a pas eu valeur d'exemple, mais il est possible que l'exemple que j'ai donné ne méritât pas d'être exemplaire. Cependant tout cela aurait peut-être été autre si, comme vous, j'avais des œuvres... Ah! vous, vous êtes tranquille!

Costals se dit que le monde croirait que M. Dandillot était mort d'un cancer. Mais peut-être qu'en réalité il mourait de n'avoir pas reçu la part qu'il se croyait due. Comme les lampes ont besoin de pétrole, les hommes ont besoin d'être nourris d'une certaine quantité d'admiration. Quand ils ne sont pas admirés assez, ils meurent. Le seul moyen d'apaiser les derniers jours de M. Dandillot, c'eût été de flatter sa vanité. Costals était touché, aussi, de voir ce vieillard envier, si naïvement ou si noblement, sa création d'écrivain, à lui homme de trente-quatre ans. Il l'imaginait horrible, ce drame de n'avoir pas pu s'exprimer.

M. Dandillot parla avec amitié de « l'avenir » de Costals. « Vous obtiendrez tout ce que vous voudrez! etc. » La *cauda* toutefois fut ceci : « Et cependant, malgré tout cela, votre place dans l'opinion publique n'est pas ce qu'elle devrait être. Je ne sais pas si vous vous en rendez compte... » — « Il est amer, pensait Costals, de sorte qu'il veut à toute force que j'aie des raisons de l'être aussi : ça le consolerait un peu. Et pourtant, très visiblement, il me veut du bien. Mais quoi! il ne faut pas en demander trop aux hommes. » Tout cela lui paraissait d'autant plus savoureux qu'il restait convaincu que M. Dandillot n'avait jamais lu plus de dix pages de lui.

L'écrivain reprit :

— Ne dites pas, cher Monsieur, que votre leçon est perdue. Vous m'en donnez une, en ce moment, qui confirme ma propre façon de voir : que c'est folie de se contraindre sans en avoir de fortes raisons.

Tout moribond qu'il fût, M. Dandillot était encore assez vivant pour se contredire furieusement, qui est la vie même. La conclusion de Costals ne fut pas de son goût. Il proclama :

— Tout ce qu'il y a de bien dans le monde naît par la contrainte.

— Je n'en crois rien! dit Costals, avec vivacité. — Il pensa à part soi : « Voilà le type de ces lieux communs petit-luxe avec lesquels la pauvre humanité essaye de justifier ses sueurs. »

— Laissez-m'en au moins la pensée, dit M. Dandillot. Si ce que j'ai fait est vain, qu'il me reste au moins de m'être dépassé en le faisant.

Costals vit alors à quel point ce vieil homme était vaincu. Et il avait grand'pitié de lui.

Il lui parut que Sénèque avait écrit, à peu près, ce que venait d'exprimer M. Dandillot. Il le lui dit. Mais à ce nom de Sénèque, M. Dandillot se fâcha.

— Ah! qu'on ne me parle plus de ces farceurs! J'ai rempli jadis des cahiers avec des extraits de moralistes : je ne mourrai pas sans en avoir fait un feu de joie. De qui lisais-je donc, l'autre jour, cette expression : « un fumier de philosophies [1] »? Enfin, monsieur Costals, vous qui êtes homme de lettres, vous savez bien que vous avez davantage besoin d'une dactylo qui copie un texte intelligemment, que d'une nouvelle conception de l'univers! Les charlatans! J'aime la vie, je n'y ai que de l'agrément, et il faut que je trouve très bien de la quitter à jamais! On me sonde, et il faut trouver que le mal qu'on me fait est agréable! J'ai connu des vieillards qui parlaient avec sérénité de leur fin prochaine, continuaient, sachant leur mort imminente, d'administrer leurs affaires comme si de rien n'était. Eh bien! c'étaient tous des gens bouchés, des imbéciles. Les gens intelligents ont peur, et sont paralysés par leur peur. Allez, coquins de philosophes, en route pour le cabanon, si vous êtes de bonne foi. Et si vous vous payez ma tête, qu'on fasse sauter la vôtre. Oui, je m'étonne qu'il ne se soit jamais trouvé un empereur pour faire mettre à mort, en masse, toute cette engeance de philosophes, au même titre que les chrétiens.

« Il est un peu excité pour un moribond, pen-

---

1. Panaït Istrati.

sait Costals. Mais peut-être est-ce ainsi que cela doit se passer. »

M. Dandillot ferma les yeux un instant, avec une expression intense de fatigue. « Voilà le résultat des marches de quarante kilomètres à soixante ans! se dit Costals. Hélas, l'énergie se paye. Mais il est défendu de le dire. Faisons des *louveteaux!* » Gardant les yeux fermés, M. Dandillot souleva ses deux avant-bras, et les laissa retomber sur les accoudoirs du fauteuil, dans un geste de résignation et de tristesse.

— Ce que je voudrais, c'est dormir. Mais Mme Dandillot et Solange me réveillent sans cesse pour me donner des médicaments. Les médicaments ne me font rien, et dormir m'est doux; n'importe! il faut m'enlever le sommeil à cause des médicaments. Jusqu'à la fin, il faut agir selon *ce qui se fait*, non selon la réalité.

Costals, qui avait cru que ce déjeuner était un traquenard hippogriffal, et que M. Dandillot l'avait fait venir à huis clos pour lui détailler les avantages de sa fille, était toujours plus surpris de voir qu'il n'était jamais question d'elle, ou plutôt que M. Dandillot l'englobait dans ce groupe — les « siens » — dont il parlait avec si peu d'amitié. Il en vint à penser que Mme Dandillot seule savait ce qui se passait entre Solange et lui. Ou elle s'y plaisait, par gloire, sans y voir plus loin, et les Dandillot, en ce cas, étaient d'assez singulières gens. Ou elle voulait donner un air « fiançailles » à cette liaison, pour que les apparences fussent sauves, mais seulement un air, pas de réalité. Ou elle s'était mis en tête de mener l'affaire jusqu'au bout. Mais il semblait bien que, de toute

façon, M. Dandillot eût été négligé. Ce qui étai
naturel, puisqu'il serait mort dans peu de temps

M. Dandillot rouvrit les yeux, parut désigner
d'un mouvement vague de la main (à la hauteu
des livres) tout ce qui se trouvait dans la pièce
et dit :

— Tout ça, qu'est-ce que ça me fait! Ce son
des bêtises pour que les vivants tuent le temps
Maintenant je vois clair. Et tout ça ment. La
pendule, qui indique une heure qu'il n'est pas :
elle est arrêtée. Le baromètre, qui est détraqué.
Le Corot au mur, qui est faux. Les livres, je n'en
parle pas. Tout est imposture, et c'est tellement
notre atmosphère que, le jour où nous découvrons
cette imposture, nous mourons, comme les gens
qui se sont tellement habitués à la drogue, meurent
si on les en prive.

Il redressa tout à coup le buste, avec le geste
de l'homme qui se raidit.

— Je vous sais gré de deux choses. De n'avoir
pas cherché à m'illusionner sur mon état. Et de
n'avoir pas cherché à me consoler. Voyez-vous, si
une pensée pouvait me consoler, c'est que je meurs
de mort naturelle, que je ne meurs pas pour une
« cause »...

Costals ne répondit pas. M. Dandillot ajouta :

— Il se peut d'ailleurs que je meure d'une autre
mort que la mort naturelle. J'ai là de quoi hâter
le dénouement, si je souffre trop. (Il désigna une
armoire.) Deux tubes de véronal. Je fais dissoudre,
je bois, et c'est fini.

— Oui, mais si la dose n'est pas assez forte,
et si vous en revenez, qu'est-ce que vous vous
faites passer par votre famille!

— Vous croyez? dit M. Dandillot, avec un étroit sourire, enfantin. Mais non, allez, avec du véronal, aucune chance que j'en revienne.

— Pourquoi pas un bon coup de revolver? (Il ricana.) Pour ne pas compromettre votre famille?

— Oui, à cause de Solange. Et puis, avec un revolver, l'arme se redresse, et on risque de se rater.

— Vous n'avez qu'à viser l'os au-dessous de la tempe. Non, ce qu'on risque, c'est que l'arme s'enraye. Je connais ça. Saloperies d'armes. Pis que tout : la fausse sécurité. Quand on veut tuer quelqu'un, parlez-moi d'un bon couteau. On n'a encore rien trouvé de mieux que ça.

— Comme je ne peux pas me tuer avec un couteau, je m'en tiens au véronal. Est-ce que vous trouvez que c'est une lâcheté, de se tuer?

— Ceux qui appellent cela une lâcheté sont ceux qui sont trop lâches pour le faire.

— C'est tout à fait mon avis.

Il y eut un silence, comme si chacun d'eux avait conscience qu'ils avaient vidé une question. Puis M. Dandillot reprit :

— J'ai passé quarante ans à faire des choses qui me coûtaient, et à les faire sans y être forcé. Jeune homme, j'ai pâli sur des codes, avec une très mauvaise mémoire, alors que tout le monde, ma famille et moi, savait que je ne serais avocat que pour la frime, un ou deux ans. Je me suis marié sans amour, sans vue intéressée, et sans goût pour le mariage. J'ai eu des enfants parce que ma femme en voulait : je puis bien vous le dire, Solange n'a pas été la bienvenue. J'ai eu un appartement à Paris, alors que j'aimais la nature

et la solitude, mais il « le fallait ». J'ai continué
d'aller aux eaux, longtemps après avoir vérifié,
année sur année, qu'elles n'avaient sur moi aucun
effet. J'ai fait tout cela sans raison, simplement
parce qu'on faisait ainsi autour de moi, ou parce
qu'on me disait que je devais le faire. Et maintenant je vais mourir, sans savoir pourquoi j'ai
mené une vie qui me déplaisait, alors que, à un
moment donné, rien ne m'empêchait de m'organiser une vie qui me plût. Est-ce que cela n'est
pas singulier?

— Pas du tout. L'homme se laisse embringuer :
c'est la règle. L'homme vit au hasard : c'est la
règle.

Tout à coup la porte s'ouvrit. Mme Dandillot
parut, et, s'adressant à son mari :

— Je suis venue voir si vous n'aviez besoin de
rien.

— Mais non, merci.

— Vous n'ouvrez pas davantage la fenêtre?
Vous!...

— Non, le bruit me fatigue.

— Je vois que votre bouteille d'eau de Cologne
est vide. Je vais en envoyer acheter une autre.

— Non, l'eau de Cologne, c'est trop froid...

— On ne peut quand même pas réchauffer l'eau
de Cologne! Allons, je vous laisse.

Pendant quelques instants, Costals et M. Dandillot restèrent silencieux. Sans nul doute, Mme Dandillot, derrière la porte, avait entendu tout ou
partie de leurs dernières paroles.

A voix plus basse, M. Dandillot dit :

— Ah! aller dans une clinique! Avant de mourir, voir un peu un nouveau décor, de nouveaux

visages que ceux que je vois depuis trente ans. Mais c'est un rêve : cela même m'est interdit. Savez-vous la seule occupation qui me soit supportable au point où j'en suis? Brûler ma correspondance. Quarante-cinq ans de correspondance. Si on additionnait les heures qu'on a passées à sa correspondance, et à d'autres besognes pareillement inutiles, on verrait qu'on y a perdu des années. Vous qui êtes jeune, je vais vous donner un conseil : ne répondez pas aux lettres, ou n'y répondez que très peu. Non seulement il ne s'en passera rien qui vous nuise, mais les gens ne vous en tiendront pas rigueur : c'est un pli qu'il suffit de leur faire prendre. Moi, en détruisant ma correspondance, je dis *non* à ce qui a été ma vie. Et j'en ai du plaisir. J'en ai aussi à priver Mme Dandillot de celui qu'elle aurait eu à fouiller dans mes affaires. — C'est drôle que je vous parle ainsi, à vous que je ne connais pas.

Cette façon de jeter son secret dans l'abîme, Costals la reconnaissait : plus d'une fois il avait agi ainsi avec Solange. M. Dandillot, sans le savoir, lui rendait la mystérieuse confiance qu'il avait eue en la jeune fille; et il en était songeur.

— Ma femme, reprit M. Dandillot, ma femme a la religion du Français moyen : elle ne pratique pas, ne prend pas les sacrements, et va à la messe du dimanche. Solange prétend être incroyante, va à la messe avec sa mère, et serait fâchée de n'y pas aller. Mais, Solange, elle ne sait pas... vous la connaissez : elle est encore en bouton. Moi, j'ai toujours été païen. On ne peut pas aimer la nature comme je l'aime, et Jésus-Christ. D'ailleurs, nous avons une preuve infaillible que le christianisme était inférieur aux hautes philosophies païennes : c'est qu'il a triomphé. On sait la sorte de choses et de gens qui triomphent *(rictus d'amertume)*. Ce n'est pas que je n'admire l'enseignement du Christ. Une religion, quelle qu'elle soit, se sauvera toujours du ridicule par la charité. Mais saint Paul a gâché tout. Un des points les plus acquis de ma morale était donc : ne pas voir de prêtre à mon lit de mort. Il va de soi que cela reste mon intention. Mais, dans le bouleversement qui s'est fait en moi ces temps derniers, j'avoue que ce « geste » me paraît moins riche de sens qu'autrefois. Et vous, monsieur Costals, peut-on vous demander où vous en êtes avec la foi religieuse?

— Je suis vieux-chrétien, vieux-chrétien *de sangre azul*. Mais, bien entendu, je n'ai pas la foi et ne pratique pas.

— Ah! j'en suis bien content. Je ne pourrais pas serrer la main tout à fait franchement à un homme que je saurais qui a une foi religieuse, n'importe laquelle. Tenez, donnez-moi la main, voulez-vous? (Il la lui serra avec force.) Eh bien, voyons, malgré cela, est-ce que vous tiendriez à avoir un enterrement religieux?

— Je souhaiterais que mon cadavre fût emporté directement du lit de mort à la fosse commune. Et enfoui là pas trop profond, pour que les chiens le déterrent, et le mangent.

— Parfait. Mais le prêtre, enfin? Verriez-vous un prêtre, si vous alliez mourir?

— C'est selon. Si je mourais au milieu des miens, je pense que oui. Pour deux raisons. Pour contenter à peu de frais mon entourage, qui le souhaiterait ardemment. Et pour qu'on me fiche la paix. Que les gens vous tourmentent et vous persécutent, à cette heure-là, quand on ne demande plus que la tranquillité, ça doit être atroce. Voulez-vous toute ma pensée sur cette manifestation religieuse? Elle n'a aucune importance, et c'est lui en prêter une indûment, que s'arc-bouter contre elle. Mais si je mourais loin des miens — ce que je souhaite de tout mon cœur, — et si personne ne me parlait de prêtre, je n'en ferais pas venir.

— Vous avez sans doute raison. « Ça n'a aucune importance » : voilà sans doute le fin mot de tout. Tenez, il y a beaucoup d'ordre dans cette pièce : tout y est classé, étiqueté, aisé à retrouver. Eh bien, si j'avais été désordonné, quelle différence cela ferait-il maintenant? Un autre exemple. J'ai toujours, par principe, acheté les choses de la meilleure qualité. Mais un complet de quinze cents francs, ou un complet de sept cents, s'effrangent au talon après le même nombre de mois. De sorte qu'il faut toujours changer le complet après le même temps. C'est dire qu'il n'y a en définitive aucune importance à ce qu'un vêtement soit bon ou soit mauvais. Comme il n'y a aucune importance à ce qu'un homme soit bon ou soit mauvais.

M. Dandillot appuya le poignet droit à la naissance de son nez, entre les yeux, comme pour tamiser la lumière qui le fatiguait, malgré les volets aux trois quarts fermés, et sa main magnifique pendit le long de sa joue. Se tenant ainsi, il dit :

— J'ai adoré le soleil. J'ai cru qu'il guérissait tout. J'ai cru que si on avait n'importe quoi — une congestion pulmonaire, ou un ulcère, ou une jambe cassée — il suffisait d'aller s'étendre au

soleil, et qu'on guérissait. Oui, j'ai cru cela, du
fond de moi-même je l'ai cru : c'était du féti-
chisme. Et je l'ai répété à des centaines de jeunes
gens. Et maintenant, un ciel seulement un peu
lumineux me fait mal, je ne peux plus le supporter. Si je sortais je me mettrais à l'ombre. (Dire
que peut-être, de ma vie, je ne reverrai un ciel
voilé!) Y a-t-il donc une vérité pour les vivants
et une vérité pour les moribonds? Je me suis
enivré de la beauté du monde et des créatures,
et, je puis le dire, d'une façon bien désintéres-
sée, car je n'ai jamais été coureur. Et maintenant
tout ce qui vit m'est une offense, et je me sens
prêt à le haïr. Je ne lis plus aucun journal. Peu
m'importe tout cela, puisque je le quitte! Ma
femme veut m'emmener au Bois en voiture. Eh
bien, non. Je ne veux plus voir la beauté du
monde, puisque bientôt je n'en jouirai plus. Cela
me ferait mal, et je ne veux pas avoir mal.

— Il est curieux de vous voir, devant la lumière,
une réaction exactement contraire à celle de Gœthe
mourant.

— Encore vos grands hommes! dit M. Dandillot, avec impatience. Que m'importe Gœthe!
Qu'il meure comme bon lui semble : personne n'a
plus le pouvoir de m'être un exemple. Gœthe se
mettait lui aussi à apprendre l'histoire naturelle
à soixante-quinze ans, et il est entendu qu'on
doit trouver cela admirable. Eh bien, je suis avec
Montaigne : « La sotte chose qu'un vieillard abé-
cédaire! »

Costals fut un peu choqué. Par bon ton, il
s'était autosuggestionné que Gœthe était un des
phares de la pensée humaine, bien qu'en son for

intérieur il le trouvât surfait scandaleusement.

A ce moment, Solange entra : la dame en visite venait de partir. Et Costals connut cette curieuse sensation, qu'un être qu'il aimait vivement lui parût importun.

M. Dandillot ne faisant rien pour éloigner sa fille, ce fut Costals qui prit congé après quelques instants. Dans l'antichambre, il rencontra Mme Dandillot.

— Je ne comprends pas ce qu'a mon mari. Il gémit pour descendre de son lit. Il gémit pour enfiler son pantalon. On croirait qu'il le fait exprès. Et c'est un homme qui a eu toute sa vie beaucoup de caractère.

— Vous ne comprenez pas ce qu'il a? Il a qu'il meurt, Madame.

— D'abord, Dieu merci, ce n'est pas sûr du tout. Et puis, en admettant même qu'il se croie menacé, n'est-ce pas le moment de montrer sa fermeté? Quand la montrera-t-il, si ce n'est au moment de l'épreuve? Au contraire, savez-vous ce qu'il disait hier au médecin : « Docteur, ne me faites pas mal! » — « Mais ce ne sera rien... » — « Oui, oui, je connais les façons de parler des médecins. Eh bien, vous entendez, *je ne veux pas avoir mal*. Que les autres acceptent de souffrir si cela leur plaît. Moi, je m'y refuse. » C'est un peu pénible pour ceux qui l'aiment, de l'entendre parler ainsi, devant le monde.

Costals dit n'importe quoi, et sortit. « Ainsi, pensait-il, il me fait venir pour s'épancher, et il ment! Il sera mort dans un mois, et il ment! Quand même! Comme ils sont tous! »

ANDRÉE HACQUEBAUT
Cabourg

à

PIERRE COSTALS
Paris.

30 juin 1927.

Lisez ou ne lisez pas. Cette lettre, qui sera la
dernière, est seulement pour que vous sachiez que
JE SAIS.

Brisée par vous, avec 39 de fièvre — une fièvre
de chagrin, rien d'autre [1] — sur le point de tomber malade ou de devenir folle, j'ai dû changer
d'air immédiatement, et je suis venue à Cabourg,
chez une amie. Au casino, j'ai fait la connaissance
de tout un groupe de femmes de lettres et de
poétesses, parmi lesquelles la baronne Fléchier.

— Costals? Non seulement de sa vie il n'a tenu
une femme dans ses bras, mais de sa vie il n'en

_____

1. Pure invention. Elle n'a pas eu la fièvre, mais — par
le « sang tourné » — un furoncle à la cuisse.

a désiré une! C'est lui-même qui me l'a avoué [1].

Et de parler de Proust. Je me suis jetée sur Proust, dont je n'avais rien lu. Quelle révélation! Les écailles me sont tombées des yeux. Tout cela est aveuglant. M. DE CHARLUS, C'EST VOUS !...

Tout! tout! Vous aimez la force, — comme lui. Vous faites de longues marches, — comme lui. Vous ne portez pas de bagues, — comme lui. Tous les indices corroborent, tout est contre vous. L'autre jour, à votre atelier, vous aviez un col Danton ouvert. Et le jour où vous m'avez fait remarquer que vous portiez de gros souliers anglais à bouts ronds comme personne n'en porte à Paris. Vous parliez de vos pieds sensibles! En réalité, affectation de virilité, alibi.

Et vos contradictions dans votre attitude avec moi! C'est « l'incohérence » de M. de Charlus. Et vos hauts et vos bas! « Les hauts et les bas eux-mêmes de ses relations avec moi », écrit Proust de Charlus.

---

1. Pour l'intelligence de ce passage, et de ce qui suit, nous devons rappeler cette anecdote de la vie de Costals, rapportée par lui dans une lettre à son ami Pailhès *(les Jeunes Filles)*. Pour se dépêtrer d'une vieille harpie, « de cinquante ans et plus », la baronne Fléchier, qui s'offre à lui impudemment, Costals, ne sachant comment le faire sans l'offenser trop, imagine de lui dire que « malheureusement il n'a pas le désir des femmes », et même, saisi d'un accès de bonne humeur, va jusqu'à lui jurer que, de sa vie, il n'a tenu une femme dans ses bras!... Comme « il garde fort enfouies ses liaisons », son imposture trouve créance auprès de la baronne. Cet « enfouissement » de ses liaisons explique aussi comment, au moins durant quelques jours, Andrée elle aussi pourra s'abuser.

Avenue Marceau, vous m'avez dit : « Voyez quelle confiance j'ai en vous. Je vous parle comme à un homme. » Pardi!

Et cette « finesse de sentiments que montrent rarement les hommes ». On peut vous dénier tout, mais pas la finesse de sentiments.

Vous m'avez dit un jour que les jeunes gens étaient idiots : Charlus le dit lui aussi!

« ... Nous admirons dans le visage de cet homme (Charlus) une délicatesse qui nous touche, une grâce, un naturel dans l'amabilité... » Et moi qui disais de vous à tous : « Il est si aimable, si naturel! » Imbécile que j'étais! C'est quelque chose d'épouvantable que de plonger dans ces enfers. Ma vision du monde en a été transformée.

Et votre parole, à propos de votre personnage de Christine, dans *Fragilité :* « Je me suis transformé en Christine. » Ces demi-aveux, signalés eux aussi par Proust! Vous rappeliez le mot de Flaubert : « Madame Bovary, c'est moi. » Mais Flaubert était sûrement une tapette, comme le prouvent son célibat, le fait qu'il n'y ait eu qu'une femme dans sa vie, et surtout la phrase de *Salammbô* sur certaines troupes carthaginoises où leurs « amitiés » rendaient les hommes courageux, paraît-il. (A ce prix-là, j'aime mieux des troupes qui lâchent pied!)

Et votre absence totale de jalousie, dont vous m'avez parlé plusieurs fois, que vous appeliez « un bon sens presque sublime ». Cela n'est pas d'un homme. La jalousie est un trait essentiel du mâle.

Maintenant je comprends pourquoi je vous paraissais si peu désirable! Et moi qui me torturais, qui allais à mon miroir! Pourquoi vous n'aviez pas besoin de moi. Parbleu, puisque la femme était en vous.

Vous, Costals, possédé et non possédant! Dominé et non dominateur! Cherchant dans l'amour la même humiliation que nous y cherchons, nous! Vous me soulevez le cœur. Vous me salissez la face du monde, après me l'avoir ensoleillée.

Comme je ne connais rien à ce stupre, et que les dames du casino n'y connaissaient rien non plus, si j'en juge par les questions qu'elles se posaient l'une à l'autre, j'ai surmonté ma nausée et j'ai consulté le dictionnaire médical de mon amie de Cabourg (celui de Labarthe). J'ai vu que dans cette secte maudite on a « le teint fardé ». Je cherche, je cherche à me rendre compte, d'après mes souvenirs, si ce teint si frais que vous avez... Et la pensée que vous pouvez vous promener sur les grands boulevards avec dans la main « un mouchoir, une fleur, ou quelque travail d'aiguille », comme l'indique Labarthe... Et j'avais fait relier *Fragilité* en maroquin vert, et j'apprends que le vert est la couleur favorite, le signe de ralliement de ces misérables! Oh non! c'est trop hideux! J'en étouffe, j'en meurs.

J'ai refermé le dictionnaire, et ne me documenterai pas davantage. Même si sa description est un peu fantaisiste, elle me suffit et je m'y tiens. Vous pouvez donc dire que les femmes vivent à côté de la réalité, qu'elles ne désirent rien tant que garder la tête sous l'aile, etc. Tout ce que vous voudrez, mais pour moi c'est bien simple : il y a dans le monde un certain nombre de choses horribles que je ne veux pas connaître. Ma dignité de femme, et, éventuellement, d'épouse et de mère, me l'interdit; j'en serais souillée à jamais. Que le monde soit ce qu'il veut, moi, j'ai le droit d'en ignorer autant qu'il me plaît.

Voilà cinq ans que vous m'empêchez de me marier. Ma jeunesse a été perdue par votre faute. Et ma vie entière, car il n'y a que la jeunesse qui compte dans la vie d'une femme. Et perdue pour qui? Pour le *malheureux* que vous êtes! Imaginez-vous ce qu'est la tragédie d'une femme qui a incarné dans un de ces êtres l'*homme-type*, et qui, un jour, a cette révélation? Et vous n'avez même pas le mérite de l'originalité, car ils sont des tas, des tas, et vous n'êtes qu'un pauvre snob du décadentisme et de la pourriture, un simple suiveur des Gide et des Proust, ces imbéciles, pourris de cérébralité, de stérilité, d'esthétisme, au lieu de faire honnêtement leur métier d'hommes, d'être des hommes utiles aux autres, à leur patrie, etc. Et non seulement j'ai aimé ça, mais j'ai aimé son œuvre! Or, puisque dans toute votre attitude à mon égard et à l'égard de la société, vous n'êtes qu'insincérité, votre œuvre ne peut que l'être elle aussi. Je ne puis plus croire une seule des paroles que vous avez écrites. Votre œuvre n'est que rhétorique, un monument de mauvaise littérature. S'il vous reste un atome d'honnêteté, brisez votre plume. Vous n'avez qu'à vous terrer et à vous taire, sous le ricanement des hommes normaux et des femmes saines.

Mon amour, je l'ai donné à un autre que vous. Vous n'y avez pas droit, car on n'accepte pas un amour dont on se sait indigne, on n'a pas le droit de cultiver l'amitié d'une jeune fille pure et chaste quand par ailleurs... Mes lettres ont été adressées à une apparence. Rendez-les-moi, je l'exige : vous les avez entre les mains par erreur. Et elles me font honte. Ce que j'ai aimé, c'est l'homme de votre œuvre, l'homme de votre mensonge. Il me semble que je me suis donnée, dans la nuit, à quelqu'un que je croyais connaître, et au petit jour je m'aperçois que j'ai caressé je ne sais quel être, quel demi-être, quel hermaphrodite hideux... Savez-vous qu'on pourrait être, dans cette horreur, menée jusqu'au suicide? Savez-vous cela?

Mais, dans ma tragédie, j'ai une consolation. A quoi j'ai échappé! Quand je pense, quand je pense que j'aurais pu être touchée par vous! Alors que je ne voudrais plus que vous me touchiez seulement la main, même avec des gants! Oui, à quoi j'ai échappé!

Je vous méprise.

Mercredi.

Je ne veux pas que vous me preniez pour une dupe, mais je ne veux pas non plus que vous me preniez pour une méchante. Je veux que vous lisiez ce que je vous ai écrit hier, mais je ne veux pas que vous restiez sur ce souvenir.

Je vous écris avec une infinie tristesse. Mais ce n'est plus pour moi que je suis triste, aujourd'hui, c'est pour vous : ah! les temps sont bien changés! Vous m'avez assez plainte, c'est bien mon tour de vous plaindre. Vous m'avez aimée mettons comme une sœur : moi, je crois pouvoir arriver à vous aimer aujourd'hui avec la compassion et la miséricorde d'une mère, et cela me permet la sérénité.

Oui, comme ce doit être triste, d'être un monstre! On en a le cœur serré. Je vous supplie de sortir de là, s'il en est temps encore. Vous êtes malheureux, et sans doute même est-ce parce que vous étiez malheureux que vous vous êtes réfugié dans les raffinements du vice. Et, malheureux, vous l'êtes doublement à présent; mais vous n'êtes peut-être pas un coupable. De grâce, au nom de tout ce qu'il y a de sacré au monde, au nom de nos souvenirs (car enfin vous m'avez aimée; seulement, n'est-ce pas, vous ne pouviez pas aller jusqu'au bout, et pour cause), sortez de la voie où vous êtes. Si mes lettres vous ont jamais été douces, vous ont soutenu, vous ont fait réfléchir, prenez en considération celle-ci, qui est une adjuration suprême. Ressaisissez-vous dans cet Abîme. Rentrez dans l'humanité véritable. Redevenez *un homme.*

Ne serait-ce que pour votre talent d'écrivain. Penser que *jamais vous n'avez tenu dans vos bras une femme!* Comment ne sentez-vous pas que vous êtes un incomplet, que toute votre notion du monde en est faussée, et votre art diminué d'autant?

Quand on est un malade, on se soigne. Encore faut-il vouloir guérir. Ayez cette volonté.

Dès ce matin j'ai parlé à un des médecins d'ici. Il m'a dit qu'il y a des traitements, à la fois physiques et moraux, pour les MM. de Charlus. Je vous envoie ci-joint les noms de quelques psychiatres de Paris, qui ont fait, paraît-il, des cures semblables. Mettez-vous dans les mains de l'un d'eux. Et d'abord répétez-vous, et quelquefois *à haute voix,* après avoir fait *une lente et profonde inspiration d'air :* « Je veux devenir un homme. »

Ces derniers événements, en me brisant, m'ont ramenée vers la foi. Dieu, lui, *ne trompe pas.* Vous savez que j'avais perdu presque toute pratique religieuse. Depuis cinq jours, j'ai recommencé de fréquenter quotidiennement l'église. Je n'y dis plus, comme autrefois : « Mon Dieu, faites que je sois heureuse! » A présent j'y prie pour vous. Et je prierai pour vous jusqu'à ce que vous soyez *sauvé.* Adieu. Je vous pardonne. Croyez à mon immense pitié.

A. H.

PIERRE COSTALS
Paris

à

ARMAND PAILHÈS
Toulouse

2 juillet 1927.

Mon cher ami,

Épigraphe de cette lettre : le mot de l'Écriture :
« L'amour d'une femme est plus à craindre que
la haine d'un homme. »

Objet de cette lettre : La colère des hommes
s'échappe en violence. La colère des femmes
s'échappe en bêtise. C'est ce second point que nous
allons démontrer.

Je vous envoie, dûment « recommandé », un
document que je tiens pour remarquable. Vous
me le rendrez quand, dans dix jours, j'aurai le
plaisir de vous voir à Toulouse.

Une femme rebutée, parce qu'elle ne plaît pas,
accueille avec transport, d'une vieille folle littéraire, une affirmation extravagante sur son « insulteur ». Cette affirmation la justifie, en la convain-
quant que ce n'est pas à cause de son physique
qu'elle est rebutée, et la venge, en lui montrant
son insulteur sous un jour « infâme ». On lui fait

voir le portrait d'un quidam, qui ne ressemble en rien à l'insulteur, sinon, si vous voulez, en ce que l'un et l'autre ont deux yeux, un nez, etc., mettons même qu'ils ont en commun la couleur de leurs cheveux. Aveuglée par sa passion, elle reconnaît dans le portrait son insulteur; si elle était devant le juge d'instruction, elle ferait serment que c'est lui. Mais ce n'est pas assez de mépriser; on vous a eue en pitié, il faut plaindre à son tour : on transmue son mépris en pitié. Enfin, comme avec tout cela elle aime toujours, comme le réel, en la décevant, l'a rejetée sur le versant des ombres, elle se met à prier pour l'insulteur, ce qui lui permet de couronner son triomphe, en se caressant à sa grandeur d'âme, et peut-être de poursuivre ses relations avec l'insulteur, sans dommage pour son amour-propre, par le moyen de lettres bi-hebdomadaires de douze pages, où elle continuera de lui parler de lui-même, sous le couvert de l'Être infini. Car, sur les pancartes des cages, dans les jardins zoologiques, les mâles sont indiqués par une flèche, qui veut dire qu'ils percent le cœur des femmes, et les femelles sont indiquées par une croix, qui veut dire qu'elles se réfugient dans le Crucifix.

Ce cas d'Andrée étant particulièrement remarquable du fait qu'Andrée est une femme très intelligente; enfin, quelqu'un.

Vous savez ce que je pense de l'automatisme des réactions chez la femme. Toutes les réactions que l'on trouve ici sont depuis longtemps classées et décrites. La réaction par laquelle une femme refusée accuse « l'insulteur » d'être un M. de Charlus est la réaction 174. La réaction par laquelle une femme malheureuse veut convaincre l'homme qu'elle aime qu'il est malheureux est la réaction 227 *bis*. La réaction par laquelle une femme désespérée fait du christianisme est la réaction 89. La réaction par laquelle une femme désespérée dit qu'elle est malade, pour essayer une dernière fois d'exciter chez son ami cette « pitié pour les femmes » que l'on réprouve et que l'on appelle à la fois, est la réaction 214 : elle n'est jusqu'à présent, il faut le reconnaître, qu'esquissée chez Andrée. Enfin il faut reconnaître aussi qu'une des réactions les plus typiques, la réaction 175, par laquelle une femme refusée accuse « l'insulteur » d'impuissance sexuelle, ne s'est pas encore manifestée ici. Malgré cette lacune, il y a dans la courbe d'Andrée quelque chose de si classique et de si pur, en un mot : de si parfait — parfait dans la vulgarité, — que l'esprit en reçoit une satisfaction également parfaite, et aussi délicieuse que peut l'être une sensation : cette sorte de satisfaction que doivent éprouver les astronomes lorsqu'ils contemplent la gymnastique des astres. Je me vois aussi comme le chimiste qui, ayant mis deux corps dans l'éprouvette, observe les avatars successifs de la combinaison; sait ce qui en sortira, quand le profane l'ignore, et que ce sera très imprévu pour le profane; et voit enfin les corps prendre exactement la forme, la couleur, la densité qu'ils devaient prendre selon la nature. Et ce qui est plus beau que tout, c'est que le mouvement d'Andrée, qui est classique, est en même temps absurde. Il y a en lui, à la fois, quelque chose de déroutant, et quelque chose d'attendu. *Et c'est par là qu'il est la nature même.*

Andrée ne craint pas d'écrire que le fait de m'avoir reconnu en M. de Charlus a « transformé sa vision de l'univers ». J'ose dire que la mienne, supposé que j'en eusse une, serait transformée à moins. Pour rester sur le même ton, et puisque rien de moins que l'univers est mis en cause, je dirai que la lettre de Cabourg me porte à croire qu'il y a *vraiment* une économie dans l'univers, ce dont jusqu'à ce jour, malgré les prêtres et malgré Voltaire, j'avais plutôt des raisons de douter.

Peut-être tout ceci appellerait-il aussi quelques considérations sur le manque de psychologie des femmes, manque qui m'a toujours frappé. La plupart d'entre elles vivent à côté de la réalité. Si on voulait reprendre toute l'attitude d'Andrée, on verrait qu'elle se met le doigt dans l'œil, à chaque coup, avec une régularité aussi saisissante qu'elle est confondante : elle croit qu'elle est jolie, elle croit que je l'aime, elle croit que je n'ai pas d'enfant, elle croit que je suis M. de Charlus, elle croit que je suis malheureux, etc. Cela a l'air d'être une gageure. Et Andrée, encore une fois, est une fille intelligente, et presque exceptionnelle. Vous me direz peut-être : « Ce n'est pas la femme qui manque de psychologie, c'est la femme amoureuse. » Mais comme elles sont toujours amoureuses!

Se trompant sur ce qu'est et sur ce que pense l'homme, la femme se trompe dans la façon de le conquérir. Une femme vous exaspère en entrant chez vous pendant votre travail, ou en vous faisant de petits cadeaux, ou en vous relançant trop souvent, ou en vous amenant de ses amis, qui ne sont pas les vôtres. Vous êtes assez bien avec elle pour le lui dire en toute franchise. Eh bien! après un petit arrêt, elle recommence. Une femme vous enchante par son absence de coquetterie. Vous le lui répétez sur tous les tons, vous vilipendez devant elle les femmes à chichis. Eh bien! après un temps plus ou moins long, elle se met à devenir coquette, à donner dans les manèges. Toutes les femmes perdent leur situation auprès de vous par leurs inlassables demandes d'argent; un jour vient où elles ont empoisonné dans sa source l'agrément qu'elles vous procurent; on rompt. Or, ne demandant rien, elles auraient tout eu, tant on en aurait été touché. Mais non, c'est plus fort qu'elles : on dirait qu'il y a quelque chose qui les oblige à être maladroites.

Comme la femme se trompe avec son homme, elle se trompe avec son enfant (fille ou garçon; beaucoup plus avec le garçon, bien entendu). Nous casse-t-on assez les oreilles avec les « divinations » de l'amour maternel! C'est une imposture. La mère ne sait ni ce qu'il y a dans l'âme de son enfant, ni ce qu'il faut faire pour lui. J'écrirais un livre entier là-dessus, composé uniquement de « petits faits vrais », — dont très peu me furent fournis par ma mère, car à tout il y a des exceptions. Tous les hommes qui osent regarder la vie en face, qu'ils soient moralistes, médecins, éducateurs (ecclésiastiques ou laïcs), psychiatres, vous le diront. Mais ils vous le diront dans le particulier. Ils ne le diront jamais devant une femme, ni en public; ils ne l'imprimeront jamais, ils ont bien trop peur de l'opinion, qui est faite par les femmes. Même le grand Tolstoï, vous savez ce qu'il disait à Gorki? « Quand je serai à mi-corps dans la tombe, je dirai ce que je pense des femmes, et tout de suite je refermerai sur moi la pierre tombale! » A ma connaissance, il n'y a qu'Herbert Spencer qui ait écrit : « L'intervention de la mère est souvent plus nuisible que ne l'eût été son abstention complète. »

Et les grands fils, eux aussi, ils le savent bien, — toutes les bourdes de leur mère, à leur sujet, son incompréhension profonde. Mais ils ne le diront pas, eux non plus; c'est tout juste s'ils se l'avoueront à eux-mêmes. Ils ont pitié d'elle. Toujours la pitié pour les femmes.

Quant à moi, j'ai un fils, et il est ce que j'aime le plus au monde. C'est pourquoi j'ai voulu qu'il fût *préservé de la mère*. J'ai fait en sorte que sa mère n'eût aucun droit sur lui. Et j'ai mis auprès de lui une femme *qui n'est pas sa mère;* comme cela, il a chance de s'en tirer. Vous savez que les « divinations » des chattes ne les empêchent pas toujours de dévorer leurs petits : c'est là un grand symbole. J'ai peut-être empêché mon petit d'être dévoré.

Telles sont, cher ami, mes réactions au poulet d'Andrée, sur le plan général. Sur le plan personnel, il me met dans une véritable ébriété d'amusement. Je me sens en verve pour vous le commenter tout entier sur ce ton; par exemple : Andrée dit qu'en m'aimant elle s'est trompée sur l'objet. Mais cela est courant : un chat que vous baisez, vous croyez que vous avez baisé un chat; eh bien, en y regardant de plus près, vous voyez que vous avez baisé une puce. Etc. Cela ne va pas bien loin, mais je m'y sens follement porté : le ridicule de cette histoire me grise.

Je n'ai jamais cru très fort à l'amitié d'Andrée pour moi, parce que je savais qu'elle m'aimait. Je feignais de croire à son amitié comme, écrivain, je feins de croire aux démonstrations d'amitié de certains confrères, tout en connaissant bien leur haine sournoise à mon endroit. Et maintenant, quelle sera ma conduite avec elle? J'aurais peut-être supporté cette fille dans ses insultes : il y a quelqu'un en moi que cela amuse d'être insulté[1], comme ce fameux requin dont nous parle Alain Gerbault, qui, dévoré par je ne sais quels autres poissons « ne semblait prendre aucun déplaisir à être mis en pièces ». Je ne la supporte pas dans sa bêtise. J'aime et je vénère, avec un esprit proprement religieux, la bêtise chez les femmes jolies, à condition qu'elle soit douce et passive. Hennissante, et chez un laideron, adieu. (Avez-vous remarqué que sa bêtise, née de sa colère, la porte à n'écrire plus en français — *décadentisme*, un A majuscule à *abîme*, etc. — elle qui écrivait presque toujours si naturellement et fortement? Et avec quelle ivresse elle trace le mot *tapette!* On voit qu'elle l'a appris de la veille, et veut se montrer au courant. Ainsi Brunet[2], quand il avait quatre ans, si on lui apprenait un mot nouveau qui le frappait, le beuglait sans arrêt une après-midi durant.) Je vais envoyer à Andrée une lettre atroce — de quinze pages, à mon tour,

1. « Mon estime pour moi-même a toujours augmenté dans la mesure du tort que je faisais à ma réputation. » (Saint-Simon.)
2. Fils naturel de Costals (14 ans). Voir *les Jeunes Filles*.

— où je lui dirai enfin ce que je pense d'elle depuis le début.

Il n'y a pas que la bêtise. Si j'avais dix-huit ans, si Andrée était la première femme que j'éprouve, je me dirais peut-être : « L'amour, ça doit être ça. Ça doit automatiquement, un jour, se transformer en saleté. C'est dans l'ordre. » Mais je ne peux plus penser cela : j'ai vu assez de femmes et de jeunes filles qui, déçues, abandonnées, trahies même, gardaient toute leur noblesse (sans compter leur sens critique), et ne voulaient que du bien à celui par qui elles souffraient. Donc, pas de pardon. Et d'ailleurs j'en ai plein le dos, de pardonner toujours. Une lettre de quinze pages.

Cette histoire me suggère encore trois remarques.

La première est que je n'ai jamais été insulté par une femme jolie; toujours par des laides. Quand une inconnue m'insulte par lettre, je sais qu'elle est laide.

La seconde est que la sublime Andrée me paraît faite pour être critique littéraire, je veux dire : pour être un critique littéraire parisien, en 1927. La façon dont, en m'identifiant avec Charlus, elle « prouve » qu'un objet qui est noir, noir comme encre, est blanc, blanc comme craie, révèle quelles sont ses dispositions pour cet état. Elle signerait de très jolis articles où elle démontrerait comment tel roman, uniquement lyrique, est au fond œuvre réaliste, comment tel écrivain, d'évidence euphorique, est au fond un inquiet; elle dirait en quoi Morand est un baudelairien, Giraudoux un écrivain populiste, etc. Et elle deviendrait vite considérée, puisque l'important dans cet état (je veux dire dans cet état tel qu'il existe à Paris, en 1927), n'est pas d'écrire des choses vraies, mais des choses qui n'aient pas encore été écrites par les confrères; n'est pas de juger juste, mais simplement de faire des papiers qui soient « repris » dans les autres journaux.

Tertio : Vous savez combien j'aime le secret, et embrouiller mes traces. Les Arabes, qui s'y connaissent dans ce genre de sport, prétendent que le lion efface les siennes avec sa queue; et un de leurs sultans, dit-on, avait fait ferrer à l'envers son cheval. « Cache ta vie comme le chat cache sa crotte », dit le proverbe égyptien. Entendons-nous : le secret que j'aime n'est pas celui qui est pratiqué par le commun, mais le secret où on s'enfonce d'autant plus qu'on se confesse et s'étale davantage. Après le plaisir « aristocratique » de déplaire, dont Dieu sait que je n'ai pas usé avec mesure, il y a le plaisir de passer pour ce qu'on n'est pas, à condition que cela vous déconsidère un peu; je ne sais si ce plaisir est aristocratique, mais il me cause une titillation. Eh bien, la ménade de Saint-Léonard m'a donné une idée : je ne jurerais pas qu'un jour ou l'autre je n'emporterai pas un « Charlus » parmi mes masques de rechange. Rien de plus simple : il me suffira de dire du mal des femmes du point de vue *intellectuel*, et le public, y compris les gens d'esprit, est si balourd — et par ailleurs si ignorant de mes liaisons toujours enfouies — qu'il en déduira que je les dédaigne du point de vue *charnel*. Et alors... alors mon horizon s'élargit. Comprenez-vous en quoi? Ne voyez-vous pas combien les parents se méfieront moins de moi, combien ma parthénomachie sera facilitée, si je suis censé être « un monsieur qui n'aime pas les femmes »? Vrai, Andrée vient peut-être de faire à ma vie une nouvelle injection de bonheur. Elle va me valoir vingt femmes, cette femme que j'ai rebutée. Dieu veuille qu'elle l'apprenne un jour!

Je vous serre la main, cher ami, et je termine sur un vers de Juvénal : « Le ressentiment d'une femme est implacable quand l'humiliation aiguillonne sa haine. »

C.

C'est égal!

Pendant quinze ans, comme un orgue par l'air, avoir été traversé par la force des femmes, et chantant d'elle; ses voyages, ses allées et venues, ses disparitions, ses longs « silences littéraires », tout ce qui paraît inexplicable dans sa vie, tout cela, n'avoir jamais eu d'autre cause que le peuple erratique des femmes; avoir vomi l'univers (combien de fois!) dans tout ce qui n'était pas l'amour; avoir tout sacrifié, sauf son art, à sa vie privée, et cette vie privée n'être faite que d'amour; n'avoir souffert, une fois sur deux, que de la souffrance qu'on était forcé de causer aux femmes, ou plutôt aux jeunes filles, car toute aventure avec une jeune fille, qui ne finit pas par le mariage, est vouée à la souffrance et au malheur; avoir eu sa vie entière gênée, affaiblie, ralentie, par la préoccupation de ne pas leur causer de tort; ne pouvoir lire les mots « petite fille » sans sentir dans sa poitrine le premier mouvement des larmes; ne pouvoir entendre dire d'une inconnue qu'elle a été recalée à son bachot sans avoir envie de l'adorer; ne pouvoir rencontrer dans une lettre d'inconnue une faute d'orthographe sans la baiser sur le papier, — et être pris pour un M. de Charlus, et cela par une femme intelligente, lettrée, pleine de lueurs, et qui connaît votre œuvre sur le bout du doigt! Remarquez que ce n'est pas M. de Charlus qui m'effraye. « On appelle contre-nature ce qui est contre la coutume. » (Montaigne.) La « contre-nature » est la nature même, comme le contre-torpilleur est bel et bien un torpilleur. Elle me parle, la sotte, de mon « Abîme »; nos abîmes sont ailleurs que là. Non, ce qui m'effraye, c'est l'obscurité où l'âme demeure pour l'âme. Elle n'a rien compris à moi, malgré toutes les apparences, puisqu'elle a pu se tromper sur moi à ce point. Et moi je n'ai rien compris à elle, puisque jamais, au grand jamais, je ne l'aurais crue capable de se tromper ainsi. Baudelaire l'a bien dit : rien qui ne soit fondé sur le malentendu. Je le savais, mais que n'oublie-t-on, ou plutôt que n'oublie l'esprit! L'oubli lui est tellement essentiel, que l'esprit pourrait dire : j'oublie, donc je suis

PIERRE COSTALS
Paris
à
ANDRÉE HACQUEBAUT
Saint-Léonard
(faire suivre)

3 juillet 1927.

Eh bien! chère Mademoiselle, vous m'avez envoyé une sacrée lettre! Mais quoi! ma gratitude à votre endroit reste la plus forte : un homme qui fait profession d'étudier le cœur humain ne peut que jubiler de n'avoir pas manqué ça. Vous m'avez, pendant cinq ans, donné votre amitié. Vous me donnez encore en me la retirant.

Je crois que pour le moment nous n'avons plus rien à nous dire. Mais je vous connais : vous me reviendrez sans doute un jour. Et je me connais : je vous accueillerai sans doute comme si de rien n'était. Néanmoins, ne nous pressons pas. Vous devez avoir besoin de souffler.

Croyez, chère Mademoiselle, à mon meilleur souvenir. Je vous suis avec intérêt dans vos différents états.

C.

P.-S. — Je vous envoie par même courrier le

livre sur Cosima Wagner que vous me disiez
avoir envie de lire, dans une de vos lettres de
l'hiver dernier, et que je viens de découvrir par
hasard sur les quais.

MADAME BLANCMESNIL
Avranches (Manche)

à

MONSIEUR PIERRE COSTALS
Paris

2 *juillet 1927.*

Mon nom ne vous dira rien, mais le nom de
Thérèse Pantevin vous dira peut-être quelque
chose.

Vous souvenez-vous de ces phrases : « Devrais-je
laisser retomber ces cris? Je n'en ai pas le cœur...
Peut-être y a-t-il en vous des forces qui pourraient
être consacrées... » Puis : « J'aurai pitié de vous
samedi à six heures du soir. » Puis un mois de
silence, — dont peut-être même vous ne vous
êtes pas aperçu : que vous importait Thérèse
Pantevin! Cette correspondance n'était pour vous
qu'un jeu. Mais ce qu'il faut que vous sachiez,
c'est le résultat de ce jeu, et la raison de ce silence :
il y a trois semaines, ma malheureuse cousine était
internée à l'asile des aliénés d'Avranches. En
sortira-t-elle jamais?

Thérèse Pantevin, fille de fermiers aisés, depuis
l'enfance d'un bestial orgueil, se croyait un génie
à cause de son brevet supérieur. Moi aussi, j'ai

mon brevet supérieur. N'allez donc pas me croire envieuse. Envieuse d'une pauvre folle! Paresse et mépris pour le travail manuel. Bigotisme. Absurdes prétentions intellectuelles : elle nous méprisait! Son isolement dans sa ferme de la Paluelle. Son refoulement continu. La découverte des livres de Costals. Costals, le seul, l'unique homme qui pourrait la comprendre! Elle rompt avec ses amis, avec ses plus chères élèves, avec tout, pour vous lire et vous méditer des journées entières dans sa chambre, en contemplant toutes vos photos recueillies dans des journaux, et qu'on a retrouvées sur elle... Enfin elle vous écrit.

Et vous qui, bien que vous soyez jeune et ne connaissiez rien à la vie, malgré toutes vos prétentions (je n'ai lu de vous qu'un livre, mais cela me suffit pour vous détester), vous qui, tout de même, ne pouviez être aveugle au point de ne pas deviner à travers ses lettres l'état de ma cousine, c'est-à-dire la folie, au lieu de mettre ces lettres au panier, vous y répondez, vous soufflez sur le feu! Par fatuité, par sadisme : quel autre sentiment pouvait vous mener? Vous étiez à l'abri, vous saviez bien que cette petite paysanne aux cheveux tirés sur les tempes (elle vous avait envoyé sa photo) ne viendrait pas du fond de sa campagne vous relancer sous vos lambris dorés, et que d'ailleurs, si elle en avait l'impertinence, vous n'auriez qu'à la faire jeter à la porte par vos laquais.

En avril, elle quitte la maison pour prendre le train et venir vous voir à Paris. Sa mère la rattrape à temps et l'enferme. En mai elle s'enfuit de nouveau : nous la faisons arrêter à Vire par la gendarmerie. Elle se jetait aux genoux des gendarmes et leur disait : « Laissez-moi le voir cinq minutes seulement et ensuite vous pourrez m'arrêter! » On a été obligé de la faire coucher à la prison, en attendant que nous venions la rechercher. En juin, sa crise d'hystérie. Voilà ce que vous avez fait, Monsieur.

Et je ne vous parle pas d'une pauvre mère qui pleure, qui vient de vendre sa ferme pour payer la pension de la folle, et qui, à soixante ans passés, a entrepris la lecture de tous les livres de Pierre Costals, pour savoir qui est cet homme qui a fait le malheur de sa fille et le sien.

Maintenant que je vous ai obligé, monsieur le Grand Écrivain (!), à prendre conscience de votre responsabilité dans tout cela, qu'allez-vous faire? Au cas où il y aurait en vous quelque chose d'humain, ce dont je doute, je vous signale que la pension de votre victime à l'asile est de quinze mille francs par an. Si vous croyiez de votre devoir d'y participer, vous pourriez vous entendre directement avec moi. Je remettrais ce que vous m'auriez donné à Mme Pantevin, qui est trop peu au courant pour s'occuper elle-même de ces choses. Si vous préférez ne pas me répondre, nous avons vos lettres à Thérèse Pantevin, et nous saurions ce que nous aurions à faire.

Antoinette Blancmesnil.

Écrit par Costals
sur le feuillet blanc de cette lettre :

« Cette correspondance n'était pour vous qu'un

jeu. » Joué avec Andrée, oui, quelquefois. Avec Th. Pantevin, jamais. Le contraire du jeu. L'ai mise en garde contre la confusion du sacré et du profane. L'ai rabrouée pour la dégoûter de moi. L'ai poussée non vers le couvent, ce qui eût été indiscrétion de ma part, mais à aller voir un religieux qui pût lui dire ce qu'elle valait. Lui ai donné l'impression qu'elle était une personne (et elle en était une en effet). Uniquement pitié. Pitié sur toute la ligne, sans un atome de malfaisance. Pitié, sympathie, compréhension et respect.

Imprudence? Soit. Mais *tout contact avec un être humain est imprudence*.

Imprudence de la générosité, c'est cela plutôt. Une action faite par générosité pure se retourne toujours contre son auteur, aussi automatiquement que le boomerang revient sur celui qui l'a lancé. Il n'y a *aucune exception*. Les personnes sujettes à des mouvements généreux peuvent être d'office, et d'avance, classées parmi les victimes.

Cela étant, le drame n'est pas que l'affaire Pantevin me vaille une pareille lettre : il n'y a là que la conséquence logique des prémisses. Le drame, la tragédie est que sans doute Thérèse Pantevin n'est pas folle du tout. Elle est séquestrée — à vingt-cinq ans — parce qu'elle était en rapport avec les hautes régions de l'âme : différente, elle fut enviée, c'est-à-dire haïe. Thérèse Pantevin est séquestrée par son milieu, pour avoir été supérieure à ce milieu.

Et que m'importe même qu'elle ait été folle, si elle souffrait!

Je prierais pour elle, si j'avais la foi.

ANDRÉE HACQUEBAUT
Saint-Léonard

à

PIERRE COSTALS
Paris

8 juillet 1927.

Cher Costals,

Je ne sais plus où j'en suis avec vous, et je ne sais plus *ce que vous êtes*, et je vous écris pour vous le dire, quoique je sente bien combien je dois me diminuer à vos yeux par ces éternelles « dernières lettres ». Ce n'était pas assez d'être brisée par vous à Paris, il a fallu que je le fusse encore par cette révélation de Cabourg. Et puis, voici : dans mon indignation, j'ai écrit à plusieurs personnes que je connais à Paris, et qui sont des personnes au courant. Je leur ai écrit : « Pourquoi ne m'aviez-vous pas avertie de ce qu'était Costals? » Elles m'ont répondu en traitant de folle la baronne Fléchier, et en me disant qu'il serait « du dernier grotesque d'ajouter foi à une pareille insanité ». Alors, je ne sais plus que penser. Il y a encore des moments où je crois que cette femme disait vrai : ce sont peut-être, simplement, les moments où je souffre trop. D'autres où je doute. Je suppose que cette incertitude doit plaire à celui qui m'a écrit n'aimer rien tant que « la frange incertaine par quoi une chose pénètre dans l'autre ».

Cependant un fait nouveau me soutient. Je ne suis plus la demoiselle de trente ans que jamais un homme n'avait prise par les épaules, à qui jamais un homme n'avait dit : « Ma petite fille. » J'ai mes bonheurs, moi aussi, à présent [1], et qui valent bien les vôtres, quels que soient ceux-ci (oh! cette rage de ne pas savoir ce que sont vos bonheurs, de quel ordre...) J'ai d'autres amis que vous, et qui ne m'invitent pas dans des restaurants à vingt francs, eux! Ne me dédaignez donc plus trop. Mais sachez que, même si je me marie, cette nuit d'amour de vous que je vous ai demandée, toujours elle restera pour moi une espérance. Ma vie ne bougera plus, que lorsque vous bougerez vous-même. Si vous n'êtes pas ce que j'ai cru à Cabourg, si vous vous apercevez un jour que vous tenez à moi, que vous me désirez dans votre vie, corps et âme, que je vous suis irremplaçable comme vous m'êtes irremplaçable, si je vous parais valoir les perturbations et les soucis qu'entraîne en effet l'amour pour celui qui aime une femme, et juge qu'elle les vaut, alors appelez-moi, et je serai à vous, à quelque homme que j'appartienne à ce moment, et quels que soient les liens par lesquels je lui appartiens.

Adieu. Je vous ai beaucoup, beaucoup aimé, et

1. Pure invention. Cet « homme » qui serait désormais dans la vie d'Andrée n'existe pas.

je vous aime toujours. Et vous, rien ne peut empêcher que vous vous soyez laissé aimer. Je sens que si je vous entendais attaquer en paroles, comme l'autre soir au casino de Cabourg, je ne pourrais le supporter et ne le supporterais à aucun prix. Si cruelle que soit la blessure que vous m'ayez faite, il y a quelque chose de moi à vous, et de vous à moi, qui ne pourra jamais être abîmé ni perdu. Et puis, je laisserai un nom, peut-être, par le personnage que vous tirerez de moi dans ce roman que vous m'avez promis [1].

A. H.

Mais penser qu'un jour peut-être vous vous marierez! Si vous épousiez une femme riche, encore, je me consolerais en me disant qu'elle vous donne quelque chose que je n'aurais pu vous donner. Mais si vous épousez une femme qui n'est pas plus riche que moi! Il y a de quoi en devenir folle.

(Cette lettre est restée sans réponse.)

[1]. Pure invention. Costals ne lui a rien promis, rien du tout, dans cet ordre.

Il y a quelque chose de divin dans les grandes maladies.

Saint-Cyran.

Costals reçut un mot de M. Dandillot, lui disant qu'il serait heureux de le voir le surlendemain, à quatre heures : « Nous serons seuls. » Ainsi la fille lui avait dit : « Venez, nous serons seuls. » Et le père : « Venez, nous serons seuls. » Ce que c'est qu'une famille. Alors que beaucoup de mourants écrivent d'une écriture plus ferme et plus formée que d'habitude, parce qu'ils mettent leur point d'honneur à se contraindre (ainsi un homme saoul calligraphie), l'écriture de M. Dandillot se défaisait, fichait le camp de toutes parts : cadavre d'écriture, avant l'autre. Sa lettre était écrite au crayon.

M. Dandillot ne quittait plus sa chambre. Quand Costals y entra, un infirmier en sortit, qu'on n'aurait pas voulu (d'après sa tête) rencontrer le soir au coin d'un bois. La première parole de M. Dandillot fut :

— Est-ce que ça ne sent pas ici la chambre de malade? Je fais brûler du papier d'Arménie, mais je ne sais si... Ah! voyez-vous, la seule dignité valable est la santé. Et Dieu sait si j'ai été un homme sain. Mais aujourd'hui!

Sa voix était devenue un peu pointue, et faible, comme celle d'un homme qui ne parle presque plus, n'en a plus la force, et qui d'ailleurs a cessé de s'intéresser aux sons qu'il émet. Ses yeux semblaient voilés derrière une taie. Il n'était pas rasé. Il s'en expliqua :

— J'en ai trop fait pour les gens. Me raser pour eux! Être bon pour eux! Je vois maintenant qu'il ne faut pas essayer de faire du bien à ceux qu'on n'aime pas. Rien ne demande plus de naturel, plus de spontanéité que de faire le bien. Là aussi, je me suis trompé en me forçant. Et puis, le bien que nous faisons est empoisonné par ceci, que nous le faisons à tort.

« Il ne faut pas essayer de faire du bien à ceux qu'on n'aime pas », se répétait Costals, pensant à Andrée.

Costals avait compris, dès leur première rencontre, que M. Dandillot ne s'intéressait qu'à soi, et ce trait lui était sympathique. Mais il le voyait se resserrer toujours davantage, aux approches de la mort. Il avait d'ailleurs, de tout temps, trouvé normal que les vieillards fussent égoïstes. C'était là le mouvement même de la nature. Comment diable pourrait-on aimer le monde, après l'avoir expérimenté durant toute une vie?

— Le plus ancien de mes amis sort d'ici, dit M. Dandillot, rejoignant sans le vouloir la pensée de Costals. Il y a cinquante ans que nous nous tutoyons. Savez-vous de quoi a été faite notre conversation? Pendant un quart d'heure il m'a décrit ses projets de voyage en Égypte, aux Indes, à Ceylan, et s'est extasié sur la beauté de ce voyage. Pendant un autre quart d'heure il m'a demandé des lettres de recommandation pour son fils. Et les cinq dernières minutes, — c'est-à-dire les cinq dernières minutes de notre amitié, car je serai mort quand il reviendra de son voyage, — il les a occupées à me rabrouer durement parce que je vis dans ma chambre avec les volets fermés. Voilà ce que dit un ami à son ami d'un demi-siècle, qui va mourir.

— C'est simplement un homme qui n'a pas d'imagination.

En gerbe dense, les cris des hirondelles venaient des arbres de l'avenue.

— Et le véronal?

— Toujours à son poste.

— Vous ne le prendrez jamais. Nous avions jadis, à la maison, un vieux chat. Comme il s'était fait une plaie inguérissable en se grattant, on lui donna une boulette. Ensuite, ma mère en eut du remords. « Même avec sa plaie, il aurait pu avoir encore quelques bonnes heures. » Sur le point d'avaler votre véronal, vous vous direz toujours : « J'aurai peut-être encore quelques bonnes heures. »

— Si je ne prends pas le poison, c'est que je ne souffre pas assez. Je suis surtout las. Las! Et savez-vous ce qui me rend si las? C'est d'avoir fait trop de bien dans ma vie, d'avoir obligé trop de gens. Je détruisais l'autre jour ma correspondance. Eh bien, il m'arrivait de parcourir dix, quinze lettres de suite dont il n'y eût pas une qui ne fût ou pour me demander de rendre un service, ou pour me remercier d'un service rendu. Et si

vous admettez qu'une personne sur deux ne remer-
cie pas d'un service rendu, vous aurez le compte
des gens que j'ai obligés, — et pour quoi, grands
dieux! Monsieur Costals, souvenez-vous de ceci :
les gens à qui nous rendons service ne le méritent
jamais.

— J'ai le bonheur de n'être pas serviable. Je
suis donc mal placé pour juger. Mais comment un
homme de votre qualité...? Il n'y a qu'un niais
pour souffrir de l'ingratitude. La générosité ne
serait-elle que « retour à l'envoyeur » ?

— Ce qui me rend las, ce n'est pas du tout
l'ingratitude dont mes générosités ont été payées,
ce sont ces générosités mêmes. Si inutiles! Tant
de temps perdu! Ah! soyez égoïste, monsieur Costals!

— Mais je le suis!

— Alors, à vous la vie!

M. Dandillot se dit ensuite si las, qu'il en était
content de mourir. Il exposa, comme si elle était
de lui, la théorie de Metchnikov : l'homme ne
meurt que parce qu'il le veut bien. Il proclama :
« Je hais les gens qui ont peur de mourir, comme
les Pascal, etc. » Costals fut heureux de cette disposition, qui lui permettait de ne pas prendre une
tête de circonstance.

— Cela dit, je me demande pourquoi j'ai vécu,
acheva M. Dandillot, le regard fixe.

— Vous avez vécu parce que vous ne pouviez
faire autrement, dit Costals, avec impatience.
Presque toute vie d'homme est corrompue par
le besoin qu'il a de justifier son existence. Les
femmes sont moins sujettes à cette infirmité.

— Si j'avais été heureux, je ne chercherais pas

à justifier mon existence : elle se suffirait. Mais je n'ai pas été heureux, et j'ai même découvert que c'est pour cela, parce que je n'ai pas été heureux, que je meurs à soixante et un ans, au lieu de mourir à soixante-dix ou soixante-quinze ans, comme logiquement cela devrait être, avec les principes de vie sur lesquels j'ai vécu. Réalisez-vous ce que c'est, d'avoir vécu quarante ans sans avoir rencontré quelqu'un d'intelligent? Et je suis si fatigué des gens pas intelligents...

— Pour trouver quelqu'un d'intelligent il faut chercher beaucoup, beaucoup...

— Et c'est quand je vais mourir que je vous trouve!

— Cela vaut mieux ainsi. Nous ne nous serions pas accordés.

— Mais pourquoi? demanda M. Dandillot, timidement.

— Parce que je me serais lassé de vous.

— Comment pouvez-vous me dire cela? dit M. Dandillot, l'air abasourdi.

— Parce que je sais que vous ne comprendrez pas.

— Oui, je suis sot, n'est-ce pas? Et je suis ennuyeux surtout. (Une effrayante expression d'amertume vint sur son visage.) Ennuyeux, on me l'a souvent fait comprendre. Pourtant, j'aurais voulu savoir si ma femme croyait réellement que j'étais un imbécile, ou si elle feignait de le croire, seulement pour m'être désagréable. Il est vrai que je deviens effectivement un imbécile, quand je suis en sa compagnie.

— Est-ce que vous n'êtes pas plus intelligent, depuis que vous êtes malade?

— Si, je pense davantage.

— Excusez-moi, je ne crois pas que vous pensiez. Ce qui s'appelle penser. Moi non plus, je ne
pense pas. J'ai maintes fois essayé d'y voir clair,
mais le temps passe et je n'y comprends toujours
rien.

— Vous trouvez que je pense en amateur, c'est
bien cela? Les miens m'ont toujours traité en
amateur. Si j'avais eu une situation, un travail,
ç'aurait été différent. Depuis dix, douze ans, on a
pris l'habitude de tenir pour rien ce que je dis.
Il y a là une pente qui, même s'il en était temps
encore, ne pourrait plus être remontée. Le ministre
viendrait en personne me décorer sur ce fauteuil,
que, chez moi, on ne *comprendrait pas*. Est-ce que
je vous ai montré la lettre que j'ai écrite au
ministre, pour refuser la *croix d'honneur?* (*Intona-
tion de mépris sur* croix d'honneur.)

— Oui, vous me l'avez montrée.

— Excusez-moi, j'ai des trous de mémoire, dit-il,
le regard absent. Est-ce que je vous ai raconté
l'histoire du monsieur qui préférait être grand
officier à vivre dix années de plus?

Signe de tête que non.

— Un de mes amis a un frère de soixante-
douze ans. Ce frère est triste parce qu'il lui paraît
que, d'après le barème des délais réglementaires,
il devrait être grand officier depuis deux ans. Mon
ami lui dit en plaisantant : « Je crois que tu préférerais mourir dans un an, mais être promu tout
de suite, à vivre encore dix ans sans cette plaque. »
— « Sûrement », répond le frère, sans sourire. Alors,
ce n'est pas beau, la vie?

— Si. J'aurais créé le monde, je n'aurais pas
fait mieux.

M. Dandillot sourit, croyant que Costals blasphémait. Il ne se rendait pas du tout compte que Costals aimait beaucoup le catholicisme. Puis il fronça les sourcils, rappela son regard, qui de nouveau s'était perdu, et qui erra sur tous les objets de son bureau, et s'arrêta enfin sur le tiroir d'un cartonnier.

— Voudriez-vous sortir le tiroir de ce cartonnier? C'est toute la correspondance que j'échangeais avec ma mère, quand j'étais jeune homme. Je voudrais vous la donner. Nous allons en faire un paquet. Si *quelqu'un*, entrant ici, vous demande ce qu'est ce paquet, vous direz que ce sont des coupures de presse concernant l'éducation physique.

« Quelqu'un! » Costals était toujours aussi surpris par la façon dont M. Dandillot *annulait* sa fille, la passait sous silence, ou laissait entendre qu'elle était de ceux qu'il dédaignait. Et, de même qu'il avait été contrarié par l'irruption de Solange dans la pièce, l'autre jour, tandis qu'il causait avec son père, de même il en arrivait aujourd'hui à trouver qu'elle eût abaissé le ton de leur conversation, si elle y avait été évoquée : elle lui semblait de peu d'importance auprès de l'ordre de préoccupations où se mouvaient M. Dandillot et lui; bien plus, de peu d'importance auprès de M. Dandillot lui-même.

— C'est la seconde fois que vous me voyez, et vous voulez me donner les lettres de votre mère!

— A qui ferait-on confiance, si on ne la faisait à ceux qu'on ne connaît pas?

— Vous me donnerez cela un autre jour.

— Il n'y aura peut-être pas d' « autre jour ».

— Mais si, voyons!

— Alors, vous croyez que je peux vivre encore quelque temps? dit M. Dandillot, et son visage s'illumina. Bien que, tout à l'heure, il se fût donné pour content de mourir.

M. Dandillot demanda du papier, de la ficelle, et commença d'empaqueter les lettres. Elles lui échappaient des mains, il ne pouvait bouger sans faire tomber quelque chose.

— Tout tombe... tout tombe... Les choses me fuient. Elles devinent le cadavre.

Comme Costals s'était rapproché de lui, pour faire avec lui le paquet :

— Je voudrais que vous me disiez franchement si j'ai l'haleine mauvaise. Depuis que je suis malade, j'ai tellement changé. Je n'avais pas ce visage il y a six mois, vous savez. On me donnait cinquante-trois, cinquante-quatre ans.

Parmi les lettres, Costals remarqua des coupures de journaux. C'étaient des comptes rendus de réunions mondaines, datant de 1890, et le nom de M. Dandillot y avait été souligné, par lui, au crayon rouge. Il avait renié sa période mondaine, au point de vendre avec emphase son frac, et cependant la vanité le possédait si fort, qu'il avait conservé quarante ans ces misérables comptes rendus de soirées provinciales, parce que son nom y était imprimé! Ah! la nature s'était vraiment trompée en refusant à M. Dandillot le don de l'expression. Il était né pour être homme de lettres.

— Quelle est votre intention en me donnant ces lettres? Dois-je les détruire? Dois-je les conserver sans les lire, et alors, à quoi bon? Dois-je les lire, et alors, à quel titre?

— Je les donne au romancier. Vous les lirez, et peut-être y trouverez-vous des choses qui pourront vous servir dans vos romans.

« Quand même! Comment ils sont! » se disait de nouveau Costals, un peu stupéfait, quoi qu'il en eût. « Je savais bien que des lectrices, qu'on n'a vues de sa vie, vous envoient des cahiers entiers où elles vous racontent, dans son détail intime, leur vie conjugale, " pour qu'on s'en serve ". Mais un homme! Et que devient feu Mme Dandillot mère, dans tout cela? Eût-elle été contente de savoir que ses lettres à son fils seraient données par lui, un jour, à un inconnu — car enfin je suis pour lui un inconnu — afin qu'il " s'en serve "? — L'humanité? Un magma d'inconscients. »

M. Dandillot porta la main à son front.

— Ces hirondelles, le raffut qu'elles font! Les hirondelles, le soleil, tout ce qui est bon m'accable. Tout à l'heure, un ouvrier chantait sur le palier : vous avez vu qu'on repeint l'escalier. Vous n'avez pas idée comme sa voix était juste, et je me disais . « Il est en cotte de travail, il ne se lave pas, il est grossier, mais sa voix est d'une pureté et d'une justesse!... Une voix d'un autre monde. »

— Et cette voix vous fatiguait, elle aussi?

— Non.

— Il me semblait, d'après le début de votre phrase, que vous aviez l'intention de me dire que le chant de cet ouvrier vous fatiguait comme le reste...

— Excusez-moi, je ne me rappelle plus quel était le début de ma phrase. Ce sont ces trous dans ma mémoire...

Il se mit à tripoter des flacons de pharmacie, sur la table qui avait été rapprochée de son fauteuil.

— Enfin, vous ne savez pas si cette chanson d'ouvrier vous était cruelle, ou si elle vous était bonne. Et vous ne savez pas davantage si réellement votre mort vient à point, comme vous me l'avez dit tout à l'heure, ou si elle vous fait horreur, comme vous me le montrez aussi. Elle vous fait horreur, et vous l'acceptez, simultanément. Comme, simultanément, la voix de l'ouvrier vous fatiguait et vous était bonne.

— Je ne sais pas, dit M. Dandillot, comme un écolier à qui on demande dans quel sens coule le Gulf Stream. Avant de dire cela, il avait crispé les mains (les ongles durent lui meurtrir les paumes), comme s'il faisait effort, prenait appui sur ses poings serrés.

— Je me demandais pourquoi je vous aimais, dit Costals, regardant, de côté, un des dessins du tapis. Maintenant je le sais. C'est parce que vous êtes pareil à moi. Vous aussi, si vous me donnez les lettres de votre mère, c'est parce que vous savez que je suis pareil à vous : à l'instant seulement je viens de le comprendre. — Mon Dieu, faites qu'il vive éternellement! dit-il, dans un murmure passionné, les yeux sur le tapis. M. Dandillot sursauta.

— Qu'avez-vous dit? Mais vous *croyez*, alors!...

— Moi, *croire?* siffla Costals, avec un atroce mépris. Mais cela m'est venu ainsi. Sans conséquence.

— La dernière fois, vous m'aviez fortifié dans l'incroyance. Et voici que vous remettez tout en question. Et à cette heure! Quand je suis si faible! Les hommes, comme les peuples, ne cessent de décliner du jour où ils ont entendu parler de Dieu. Qu'il y ait une lie morale de l'humanité qui ne puisse se passer de religion, qu'y puis-je? Mais vous, si vous avez une religion, au moins ayez-en honte, et cachez-la.

— Vous allez mourir. Est-ce que vous ne pourriez pas vous occuper de quelque chose de plus important que Dieu? Vous me disiez tout à l'heure que vous aviez été un homme sain. Un homme sain ne s'occupe pas de Dieu.

— Mais c'est vous qui... Vous vous prétendez athée et vous pensez tout le temps à Dieu.

— Ce que vous dites est grotesque. Il y a longtemps que j'attendais ces lieux communs de la psychologie à bon marché.

— Comme vous aimez m'insulter! dit M. Dandillot, la voix radoucie, avec, même, une lueur amicale dans les yeux.

— Oui, j'aime être grossier avec vous. C'est que vous dites souvent des choses qui m'exaspèrent. Vous êtes là, à la veille de mourir, essayant de faire donner en vitesse un coup de fer à votre conception de la vie, comme un potache qui se dépêche de revoir son programme, à trois jours du bachot. Mais ne vous inquiétez pas. Si j'aime vous insulter, cela ne touche en rien à mes sentiments à votre égard.

— Je ne m'inquiète pas. Vous ne m'inquiétez pas du tout. Cela vous étonne? Mais pourquoi me méprisez-vous?

— J'en ai le droit, si je me méprise moi-même,

et je le fais. Comme j'ai le droit de tuer, s'il m'est égal d'être tué.

— Ne méprisez pas tant la nature humaine. Vous savez bien qu'elle a d'admirables vertus.

— Je la méprise aussi dans ses vertus.

— Pourquoi souriez-vous?

— Parce que je me vois dans la glace, dit Costals, qui venait de se rendre compte qu'il pouvait voir son image dans la glace, et en était amusé.

— Mon bachot! c'est bien ça! dit M. Dandillot, souriant un peu, à son tour. Serai-je reçu ou recalé au bachot du paradis? Quoi qu'il en soit, ce qui s'ouvre pour moi, c'est l'éternité. Vous, je pense que, même si vous aviez la foi, vous vous méfieriez d'une éternité qui n'aurait pas été faite sur mesure pour vous...

Il changeait toujours de place les flacons, les tubes de capsules, sur sa table. Un des flacons tomba.

— Je me méfie surtout de l'éternité en soi. Si Dieu était, il serait par définition intelligent, et, s'il était intelligent, il n'aurait jamais fait du définitif.

— Voilà une nouvelle preuve de l'Inexistence.

— Je croyais que les « preuves » de l'existence de Dieu étaient le bout de la bêtise humaine, mais je vois que celles de l'Inexistence peuvent aller plus loin.

— N'importe, j'aime votre preuve.

— Et moi je préfère le porto sec, dit Costals, espérant que M. Dandillot lui en offrirait un verre. Une damnée sueur traversait sa chemise, humectait son visage comme s'il émergeait d'une rivière. La vie lui sortait du corps, insolente, sous la forme de cette eau.

— Est-ce bien vrai, monsieur Costals, est-ce bien vrai que ce n'était qu'une simple façon de parler?

— Je vous le jure. Ce serait trop long de vous expliquer...

Des mots lui venaient aux lèvres : « Dans trois semaines vous serez un mort. A quoi bon prendre la peine de vous expliquer quoi que ce soit? Et d'ailleurs que me fait tout cela? Je ne m'intéresse qu'à mes passions. » Il ne le dit pas, mais il se détournait de lui, comme les dieux grecs se détournaient des cadavres. Et en même temps il avait un horrible sentiment, d'aimer ce qu'il y avait en lui de condamné.

— Dites-moi que vous ne croyez à rien, dit M. Dandillot, lui saisissant la main, convulsivement.

— Je ne crois à rien. Et c'est parce que je ne crois à rien que je suis heureux.

— Bonheur de l'homme sans Dieu! Merci, dit M. Dandillot, le regardant dans les yeux, avec une insupportable expression de reconnaissance. Oh! ces hirondelles! Pourquoi ces hirondelles en juillet? C'est en septembre qu'elles se rassemblent avant de partir. Mais tout est détraqué, n'est-ce pas? — Vous êtes bien de mon avis? appuya-t-il. Il n'y a pas de lois qui gouvernent le monde. Cette pensée m'est un tel repos!

Il se tut, mais bientôt son visage, qui s'était détendu, exprima le malaise. En quelques secondes il devint livide, son front se couvrit de sueur.

— Vous allez mourir? demanda Costals, à voix basse.

— Non, mais sonnez, je vous en prie... vite! Il

faut que j'aille aux cabinets, tout de suite. Oui, je suis sujet à ces... En moi, tout se relâche... Allez-vous-en, je vous en prie. Oh! je vous demande pardon! Et n'oubliez pas les lettres...

Costals sonna, sortit, appela l'infirmier, et, lorsqu'il fut là, s'esquiva rapidement. « Quand donc sera-t-il mort? pensait-il, aussi épuisé que le moribond. Que je ne souffre plus de lui! Que je puisse me dire que *réellement* il est trop tard! » Dans l'avenue, il s'affala sur un banc, et s'éventa avec son chapeau. Puis il alluma une cigarette. « Il ne m'a pas offert de cigarettes, sous prétexte qu'il allait mourir. » Au-dessus de lui, les hirondelles criaillaient éperdument.

Il défit un des paquets de lettres. Il lut les dix premières lettres, parcourut les trente suivantes (il y en avait plus d'une centaine). C'était là une « coupe » dans ce qui passe pour la chose la plus sacrée au monde : les relations confiantes et tendres entre une mère et son fils. Une coupe dans l'amour, dans l'amour en ce qu'il a de plus pur et de plus indiscutable. Et cependant c'était l'insignifiance même, et la niaiserie; cela n'était rien, et rien, et rien. Une bouche d'égout s'ouvrait à proximité. Costals refit le paquet, et jeta dans la bouche d'égout l'amour entre Mme Dandillot et son fils.

Huit jours plus tard, le 15 juillet, à la poste restante de Toulouse, Costals, par une dépêche de Solange, apprit la mort de M. Dandillot.

Mort naturelle? Ou s'il avait pris le véronal? Naturelle, sans doute. D'ailleurs cette question était dénuée du moindre intérêt. Il était mort; c'était tout.

Il marcha longtemps par les rues, au hasard, tenant la dépêche dans sa main. Il se sentait le corps mou; on aurait pu le bousculer sans qu'il ripostât. Bientôt les larmes lui mouillèrent les yeux. « Aucun des passants qui ne doute, n'est-ce pas, que c'est parce qu'une femme m'a trahi? »

Il continuait la conversation avec M. Dandillot. Il lui disait : « Pleurant sur vous, qui sans doute n'aviez jamais pleuré sur quiconque, égoïste comme je vous ai vu... Vous qui cherchiez pourtant à me donner du goût pour mon avenir, cet avenir que vous saviez ne devoir pas connaître. »

Au restaurant, il ne put manger. Son visage sombre, sa peine incelable : « On doit croire que j'ai des difficultés d'argent. » Mais il se félicitait d'être à Toulouse le jour de l'enterrement. Pour rien au monde il ne se fût mêlé à cette chienlit.

De retour à l'hôtel, il voulut écrire à Solange et à sa mère. Mais, sur l'enveloppe, sa main traça : « Mons... » Alors, sur une autre enveloppe, il écrivit : « Monsieur Charles Dandillot », et l'adresse, et il garda l'enveloppe devant lui. Il se disait que jamais il n'aurait à écrire cette suscription, et les larmes lui revenaient aux yeux. « Pourquoi pleurer un homme après sa mort? C'est durant sa vie, et *sur* sa vie, qu'il fallait le pleurer. Il vaut mieux être mort, que vivre mort. » Il se souvenait des larmes qu'il avait versées, quelques années plus tôt, sur la mort d'un grand écrivain, larmes qui s'apaisaient, puis remontaient toutes les heures, comme si la source entre temps s'en était regonflée, tant qu'enfin sa mère lui dit avec humeur :

« Tu n'as pas pleuré comme cela, quand ton père est mort! » Costals épuisa toute la saveur du mot qui lui venait : « Je n'aurai plus d'amis, parce qu'on souffre trop quand on les perd »; c'était le mot des vieilles dames, quand trépasse le chien-chien-à-sa-mémère (mais M. Dandillot était-il donc son ami?). Il décida de n'envoyer qu'une dépêche à Solange et à sa mère. Elles ne l'intéressaient pas.

Au lit, incapable de dormir, il faisait aller sa jambe sur le drap, d'un mouvement incessant, comme font sur le sol les chevaux qui meurent. Une grande communauté dans la souffrance entre lui et les chevaux qui meurent. Une grande chaîne allant de lui jusqu'aux chevaux qui meurent.

Enfin il se rappela un mot qui l'avait frappé dans une lettre de son fils. Un petit camarade de Brunet venait de mourir d'une méningite, et l'enfant écrivait : « J'ai bien du chagrin, mais il faut espérer que je me consolerai. » Costals, lui aussi, espéra qu'il serait consolé vite. « C'est la nature qui me blesse. Et c'est la nature aussi qui me guérira, par l'oubli. Un jour la mort de M. Dandillot me sera aussi indifférente que me sera indifférent le souvenir de sa fille. Puisque, pour la même raison qui me fait pleurer aujourd'hui, je ne pleurerai pas demain, ce n'est donc qu'un jeu si je pleure aujourd'hui. »

A quatre heures du matin, Costals se réveilla, et se dit : « Une fille qui vit seule avec sa mère est presque sûre de tomber. Un garçon itou. Tant la mère est sans pouvoir, à moins que son pouvoir ne soit mauvais. Mais Solange est déjà tombée. C'est bête, M. Dandillot est mort pour rien. » Il se rendormit.

SOLANGE DANDILLOT
Paris

à

PIERRE COSTALS
Poste restante
Toulouse

18 juillet 1927.

Pourquoi ce silence, rien d'autre que cette dépêche à ma mère, ne m'aviez-vous pas promis en partant de m'écrire dans les trois jours? et ne sentez-vous pas que je suis suspendue d'heure en heure aux courriers de la journée?

Cinq jours que cette vie intolérable dure, je vous en conjure, faites cesser cette existence. Je vous supplie de me venir en aide. Je suis à bout.

Ou alors c'est que vous êtes parti pour tout à fait et que vous voulez m'abandonner. Mais alors dites-le, cela vaut mieux que de ne pas savoir.

Je vous embrasse.

Votre
Rosebourg.

Je vous mets dans cette enveloppe une enveloppe timbrée à mon adresse avec un papier dedans, si cela vous ennuie de m'écrire, vous n'avez qu'à mettre votre nom sur le papier sans plus et je comprendrai que vous ne m'abandonnez pas.

Mon pauvre papa a été enterré ce matin. Quel vide pour nous! Je vous récrirai pour vous dire comment il est mort. Nous sommes bien contentes qu'il ait accepté de voir un prêtre.

CARNET DE COSTALS

Eh bien, la froide Rosebourg!

Sa lettre en main, je marchais parmi la foule, tenant les yeux baissés et d'émotion me mordant les lèvres.

La voici, à son tour, qui pousse des cris comme une bête, pousse des cris comme un chat enfermé dans une cave. Folle elle aussi, à son tour. Andrée a mis quatre ans à devenir folle. G. R. un an. Undstein six ans. Claire un an. Mais elle, elle est devenue folle en deux mois. Ce que c'est que d'être une petite tranquille.

A l'heure où s'apaise le désespoir d'Andrée, celui-ci se lève. Toujours cette lamentation féminine, ce bruit de flûtes et de pleurs qui m'accompagne le long de ma vie.

(Sa ponctuation n'est pas défendable.)

Comme l'apprenti sorcier, j'ai déchaîné cet amour vierge, cet élément insensé dont je ne suis plus maître. A l'Opéra-Comique, elle était en arrière de moi. Puis elle a gagné, gagné, marché beaucoup plus vite que moi, m'a rattrapé, maintenant me devance. J'ai presque l'impression qu'elle part, quand moi je suis arrivé.

Y a-t-il un peu de majoration dans cette lettre? Comme moi, à seize ans, datant de deux heures du matin mes lettres d'amour écrites à deux heures de l'après-midi? Ce brusque geyser est si étonnant! Si Solange s'était montrée plus « démonstrative » avec moi, un tel soupçon ne me viendrait pas à l'esprit. Hélas, la pauvre enfant paye peut-être d'avoir été discrète et réservée. Ce serait l'injustice même. Mais qu'y puis-je?

J'accepte son amour.

J'accepte d'entrer dans le monde des devoirs. Doux devoirs, puisque je l'aime. N'importe, devoirs, et le devoir ne m'a jamais réussi.

Enfin, j'accepte cet amour. Avec respect. Avec gravité, — mon intermittente gravité, mais qui, en définitive, fonctionne toujours quand il le faut, fût-ce au dernier moment. Avec... je ne trouve pas le mot; je voulais indiquer que son amour ne me déplaît pas, que je fais plus que l'accepter : je l'accueille.

Maintenant, autre chose.

Son indifférence devant la mort de son père! Ce *post-scriptum!* Il n'y en a que pour moi, et j'en ai honte pour nous deux. Et cependant c'est une chic fille. Bien sûr, un père n'est pas fait pour être aimé de ses enfants. Là est la nature, et Brunet, demain, avec toute sa gentillesse... Mais s'habituer à la nature ne se fait pas sans douleur. On veut toujours que ce soit l'extraordinaire qui nous démonte, alors que c'est l'ordinaire qui est l'effrayant.

Toutes les fois que j'ai fait visite à la veuve ou à l'orphelin, de fraîche date, de quelqu'un qui m'était à peu près indifférent, j'ai senti que j'étais plus ému — plus sincèrement ému — qu'il ne fallait : j'avais l'air de leur faire la leçon. C'étaient *toujours* eux qui, les premiers, « enchaînaient », parlaient d'autre chose.

PIERRE COSTALS
Toulouse

à

SOLANGE DANDILLOT
Paris

20 juillet 1927.

Paix, ma fille. Paix, paix, paix sans fin aux
petites filles. Qu'est-ce que c'est que ces égare-
ments? Un artichaut est toujours de sang-froid.

Vous me demandez la sécurité : je vous la donne.
Paix, ma petite fille chérie. Paix dans le présent.
Paix dans l'avenir, aussi loin qu'il vous plaise de
me vouloir dans cet avenir. Paix totale et absolue.
Enjouement et liberté d'esprit dans la confiance
et dans la paix.

Je vous ai tenue sur mon cœur, au sommet de
ma solitude, et vous y étiez seule vous aussi,
entourée cependant. Vous pouvez rester là aussi
longtemps que vous le voudrez, je ne me retirerai
pas. Je vous aime, et, chose plus rare, j'aime l'attachement que vous avez pour moi. Je ne vous
quitterai pas, que vous ne m'ayez quitté.

J'ai entendu dire qu'une femme, dans la situation où vous êtes, on doit la mettre à l'épreuve.
Je ne mets pas à l'épreuve ce que j'aime.

J'ai entendu dire qu'on perd une femme pour la trop aimer, qu'une froideur affectée, de temps à autre, réussit mieux. Et cætera. Je ne jouerai pas ces jeux avec vous. Aucun jeu. Je ne suis pas de ceux qui considèrent que l'amour est une guerre; c'est une conception dont j'ai horreur. Que l'amour soit vraiment amour, c'est-à-dire qu'il soit paix, ou qu'il ne soit pas.

Pourquoi cette crainte de mon absence? Qu'est-ce que ma présence vous apporterait de plus? Vous êtes là, bêtasse, ne le savez-vous pas? Le jour, comme une petite ombre, vous vous glissez bien sagement à mes côtés. Chaque soir je m'endors avec vous dans mes bras.

Et mon corps lui aussi pense à vous. Il se réveille la nuit et il se tend vers vous, comme un chien qui tend le cou pour qu'on lui donne à boire.

J'ai voulu suivre l'ordre de vos préoccupations, tel qu'il apparaît dans votre lettre. Je vous ai parlé d'abord de vous et de moi. Maintenant, un mot de votre père.

Je ne sais pas si vous aimiez votre père, mais moi je l'ai vu deux fois, et je l'aimais. Je ne sais pas si vous respectiez votre père, mais moi je l'ai vu deux fois, et je le respectais. J'ai eu l'impression qu'il était quelqu'un de supérieur à vous.

Vous ne pensez qu'à moi, et vous me connaissez à peine. La façon désinvolte dont vous parlez de la mort de votre père, dans votre lettre, m'a outré, encore que je la comprenne; exactement : je la comprends et j'en suis outré. C'est entendu, vous êtes « éprise ». Mais sachez que l'amour n'est pas une excuse, mais une aggravation. Tout à fait comme l'ivresse, que l'insane justice des hommes tient pour une circonstance atténuante, et qui est une circonstance aggravante.

Est-ce qu'il faudra que ce soit moi qui vous fasse comprendre ce qu'il y avait dans votre père?

Je veux que vous soyez ce que vous devez être. Et vous ne devez pas être *tout à fait* celle qui a écrit votre dernière lettre.

Allons, je vous embrasse, ma petite fille. D'autres hommes vous aimeront peut-être plus que moi. Moi, je vous aime autant que je peux vous aimer. Je ne peux pas davantage.

C.

La ponctuation de votre lettre n'est pas défendable.

PIERRE COSTALS
Toulouse

à

MADEMOISELLE RACHEL GUIGUI
Paris.

20 juillet 1927.

Chère Guiguite,

Deux mois que nous ne nous sommes vus, et
que je ne t'ai écrit!

Quand j'ai découvert l'ange que tu sais, j'ai
eu le réflexe de te laisser tomber; un clou chasse
l'autre. J'ai ramassé de droite et de gauche les
affections que j'avais éparses pour les concentrer
sur l'ange, et en faire quelque chose de fort,
comme la chaleur concentrée par une loupe. Cette
aventure me sautait dessus; j'en étais plein. En
réalité c'était méconnaître non seulement ma
nature, mais la nature même. La nature cumule,
et un homme bien doué le fait lui aussi : en lui,
comme dans la nature, il y a place pour tout.
L'ange est ce qu'elle est; toi tu es *autre chose*, et
cela seul suffit pour que je veuille t'avoir également. J'attends donc de ta complaisance que tu
trouves bon de reprendre ta place parmi mes
joies.

Bien entendu, et tu t'en souviens, j'avais prévu que nous remettrions ça. Mais je croyais que ce serait quand je serais fatigué de l'ange. Tout au contraire, jamais je n'ai eu à son endroit un sentiment si sérieux, si profond, et si solide : de l'affection, que soutiennent, comme deux colonnes, l'estime et le désir. Et c'est porté par le grand mouvement que j'ai pour elle dans ce temps-ci (à la suite d'un billet d'elle reçu hier), que je rentre dans mon génie propre, et que je retrouve le principe supérieur au nom duquel je ne veux pas d'une seule femme dans ma vie.

En outre, j'aime l'intelligence. C'est pourquoi, quelle que soit mon équipe du moment, il faut que j'aie toujours une maîtresse juive dans le lot. Elle m'aide à supporter les autres.

Je serai à Paris le 25. Viens le mardi 26, St Barnabé, à 8 heures du soir, au Port Royal. Nous dînerons, et ensuite tu verras ce que tu verras.

Au revoir, ma chère; je te flatte de la main. Et même je t'embrasse, car j'ai la volupté tendre, comme tu sais. Toi aussi, tu es brave; de là que ma sympathie pour toi est vraie. Mais prépare-toi à me rendre heureux, car j'ai envie de l'être. En pensant à toi, un spasme de joie fuligineuse, comparable aux élans des mystiques, ou à la terminaison de la flamme. Et enfin, après tant de sublime, je suis friand d'un amour qui ne soit pas désintéressé.

C.

PIERRE COSTALS
Toulouse

à

MADEMOISELLE DU PEYRON DE LARCHANT[1]
Cannes
(« *pour remettre à Brunet* »).

20 juillet 1927.

Mon petit chat,

Je ne veux pas manœuvrer à ton sujet et à ton insu; mieux : je ne le peux pas. Sache donc qu'il y a cinq jours j'ai écrit à Mlle du P., pour lui demander si par hasard tu n'aurais pas fait quelque chose de très vilain, et la prier de me dire toute la vérité. Elle m'a répondu qu'il n'y avait rien eu de particulier, dans le trantran de tes insanités ordinaires.

Voici donc pourquoi je lui avais écrit. Il ne se passe pas de jour où je ne pense longuement à toi, et le moment où je pense à toi est toujours le meilleur de la journée, si bon qu'en soit le reste. Mais cette fois c'était un rêve que j'avais fait. J'avais rêvé que tu profitais d'un instant où la clef n'était pas mise à la commode de la chambre

---

1. Vieille demoiselle, amie de Costals, à qui il a confié son fils (cf. *les Jeunes Filles*).

de Mlle du P., que tu y fouillais et y prenais de l'argent. Et ce rêve avait été si frappant, si plausible, si cohérent d'un bout à l'autre, que je me demandai s'il n'y avait pas là un avertissement mystérieux, et que j'écrivis.

Ce rêve m'a vivement impressionné, presque bouleversé. Mieux encore que jamais, j'ai senti quel coup terrible ce serait pour moi, si je devais cesser de pouvoir t'estimer.

Il y a plusieurs personnes pour qui j'ai de l'affection. Mais cette affection, pourtant véritable, va jusqu'à un certain point, non au delà. Comme une auto dont on sait qu'elle n'a que tant de HP dans le ventre. Au contraire, l'affection que j'ai pour toi ne bute jamais contre rien; elle n'arrive jamais à une limite. Cela est d'un autre ordre, infiniment plus élevé.

L'affection que j'ai pour ces personnes supporte que je puisse me passer d'elles, que je puisse les taquiner, les blesser même, les voir dans la peine sans en souffrir et sans rien faire pour les en tirer. Celle que j'ai pour toi ne supporterait rien de tout cela. Pas une fois dans ma vie il ne m'est arrivé, ou de chercher à t'ennuyer, ou, pouvant t'empêcher de l'être, de ne pas le faire, ou seulement de te laisser attendre le plaisir qu'il m'était facile de te donner dans l'instant. Car cela est d'un autre ordre, infiniment plus élevé.

Quand je sors de l'atmosphère que créent ces personnes, et que je rentre dans la tienne, tout, avec toi, me paraît si simple! C'est que, toi, je t'aime vraiment, et rien n'est plus simple qu'aimer, comme rien ne simplifie plus les choses.

Cependant cette affection pour toi n'est pas

tout à fait hors d'atteinte. Celle que je porte à diverses personnes est à la merci d'elles, qui peuvent démériter, mais aussi de mon humeur, de ma lassitude, des nécessités de mon travail et de mon indépendance. Celle que je te porte n'est à la merci que de toi. Je veux dire : dans un cas seul elle pourrait faiblir; celui où tu en deviendrais indigne.

Il y a une sorte de miracle : depuis quatorze ans (mettons sept ans, depuis l'âge « de raison »), je n'ai jamais rien eu à te reprocher, tu n'as jamais rien fait contre moi. Je regarde cela comme on regarde le travail périlleux d'un gymnasiarque, en songeant : « Pourvu qu'il tienne jusqu'au bout! » Et je te dis, avec la dernière force : change, puisque dans la nature tout change, et qu'à ton âge surtout on peut changer du tout en quinze jours; change, mais dans ton essentiel reste ce que tu es. Qu'il y ait dans ta nébuleuse un noyau solide et constant à jamais (demande à Mlle du P. de t'expliquer ce qu'est une nébuleuse; je le ferais bien, mais cela m'assomme, et puis, j'en serais bien empêché). Tu sais qu'il y a un champ considérable de bêtises que je te permets, qu'aucun père ne permettrait à son fils; c'est que, selon moi, elles ne touchent pas à ce qui est important. Mais dans ce qui est important garde-toi, je t'en prie. Ce que je voudrais passionnément, c'est arriver au point où il *ne soit même plus concevable pour moi que j'aie une inquiétude à ton sujet*, touchant ta qualité; où tu me sois le calme parfait, et la sécurité parfaite; où un vivant autre que moi-même me soit le calme parfait et la sécurité parfaite, ce qui est la chose la plus extraordinaire que je puisse imaginer, parce qu'en effet elle n'est presque pas de cette terre. Mais qu'elle me soit donnée à moi, et par toi, et par toi uniquement : je n'ai pas besoin des autres. Tu es le seul être qui m'ait fixé, moi, si incapable de me fixer sur personne. En réalité je n'aime que toi, puisque aimer ne peut se dire que de cette affection qui va proprement à l'infini, à laquelle il peut être demandé à l'infini, sans plus de gêne qu'il n'y en aurait à demander de l'eau à la mer. Si le sentiment que j'ai pour toi devait s'écrouler, ou seulement se fissurer, ce serait tout moi-même qui se fissurerait ou s'écroulerait. J'en serais brisé.

Quand on aime vraiment quelqu'un, on n'a pas besoin de le lui dire : laissons cela à l'ordre inférieur. Et tu sais que je ne te le dis jamais. Mais ce rêve m'a fait peur, et j'ai senti le besoin de t'en mettre quelques mots sur le papier. Conserve ce papier (je demande peut-être beaucoup), et passons à cette histoire absurde de ton vélo [1].

. . . .

1. La suite de cette lettre est sans prolongement dans notre récit.

MADEMOISELLE MARCELLE PRIÉ
Rue Croix-des-Petits-Champs,
Paris

à

M. JACQUES PICARD [1]
chez M. Pierre Costals,
Avenue Henri-Martin,
Paris.

20 juillet 1927.

Jacquot,

Comme dimanche dernier je suis au café, seule naturellement, puisque tu m'as abandonnée. Depuis six jours je t'attends. Que veut dire ton silence, mon petit? Si tu voulais ne plus me voir, alors pourquoi m'as-tu rappelée? Dis donc, alors tu te serais moqué de moi? Je n'accepte pas une rupture pareille, mon ami. Nous devons nous revoir, tu entends. Viens mardi à 10 h. soir.

1. Le valet de chambre.

Sais-tu la première fois que j'ai compris que tu en avais assez de moi? Dans le métro, en revenant de la boxe. Je voulais t'embrasser, tu retirais la figure. Je t'ai dit : « Alors, tu ne m'aimes plus? » — « Si, mais ne m'embrasse pas comme ça dans le métro. C'est dégueulasse. » — « Ça te fait honte? » — « Oui, ça me fait honte. » C'était clair.

Je t'en prie, agis proprement avec moi. Je suis victime de ma folie pour toi. Je désirais t'aimer, te conduire un peu dans cette vie. Tu as vingt ans, j'en ai vingt-cinq, mais en réalité je suis bien plus ton aînée que ça. Oh! j'aurais fait mon deuil du mariage, puisque tu ne voulais pas, mais on aurait pu être ensemble, ou seulement se voir le dimanche, c'était mieux que rien. Maintenant tu ne veux plus. Tu es libre! Cependant tu le regretteras plus tard. Ta jeunesse pour moi aurait été tout mon bonheur. Tu ne m'as pas comprise et je souffre aujourd'hui plus que jamais, car mon cœur saigne d'être si isolée, toujours à attendre, et de ne pas savoir me faire comprendre. Vraiment, Jacques, viens une dernière fois et je te laisse ensuite entièrement libre d'agir à ta guise.

Si demain tu ne peux venir, je t'attendrai toute la semaine jusqu'à dimanche.

Un baiser sur tes yeux que j'aimais.

Marcelle.

(Cette lettre est restée sans réponse.)

LA SUITE DE CE ROMAN EST PARUE
SOUS LE TITRE : "LE DÉMON DU BIEN".

Impression CPI Bussière
à Saint-Amand (Cher),
le 5 mars 2009.
Dépôt légal : mars 2009.
1er dépôt légal dans la collection : juillet 1972.
Numéro d'imprimeur : 090736/1.
ISBN 978-2-07-036156-4./Imprimé en France.

167926